EVEREST

2347

AYŞE KULİN

ESERLER

1. *Güneşe Dön Yüzünü* (Öykü)
2. *Bir Tatlı Huzur* (Biyografi)
3. *Foto Sabah Resimleri* (Öykü)
4. *Adı: Aylin* (Biyografik Roman)
5. *Geniş Zamanlar* (Öykü)
6. *Sevdalinka* (Roman)
7. *Füreya* (Biyografik Roman)
8. *Köprü* (Roman)
9. *İçimde Kızıl Bir Gül Gibi* (Deneme)
10. *Babama* (Şiir)
11. *Nefes Nefese* (Roman)
12. *Kardelenler* (Araştırma)
13. *Gece Sesleri* (Roman)
14. *Bir Gün* (Roman)
15. *Bir Varmış Bir Yokmuş* (Öykü)
16. *Veda* (Anı-Roman), *Veda* (Çizgi Roman)
17. *Sit Nene'nin Masalları* (Çocuk Kitabı)
18. *Umut* (Anı-Roman)
19. *Taş Duvar Açık Pencere* (Derleme)
20. *Türkan-Tek ve Tek Başına* (Anı-Roman)
21. *Hayat-Dürbünümde Kırk Sene* (Anı-Roman)
22. *Hüzün-Dürbünümde Kırk Sene* (Anı-Roman)
23. *Gizli Anların Yolcusu* (Roman)
24. *Saklı Şiirler* (Şiir)
25. *Sessiz Öyküler* (Öykü Derlemesi)
26. *Bora'nın Kitabı* (Roman)
27. *Dönüş* (Roman)
28. *Hayal* (Anı-Roman)
29. *Handan* (Roman)
30. *Tutsak Güneş* (Roman)
31. *Kanadı Kırık Kuşlar* (Roman)
32. *Kördüğüm* (Roman)
33. *Son* (Roman)
34. *Her Yerde Kan Var* (Roman)
35. *Hazan* (Anı-Roman)
36. *Taksiii* (Anı)
37. *Doğdum. Kızdım* (Öykü)

AYŞE KULİN

YARIN YOK

§

Yayın No **2347**
Türkçe Edebiyat **981**

Yarın Yok
Ayşe Kulin

Editör: Devrim Çakır
Kapak Tasarımı: Kardelen Akçam
Sayfa Tasarımı: Yusuf Yıldız
Düzeltmen: Yılmaz Akan

1.Basım: Mayıs 2023

ISBN 978-605-185-985-9

Sertifika No: 43949

Baskı ve Cilt: Melisa Matbaacılık
Matbaa Sertifika No: 45099
Çiftehavuzlar Yolu Acar Sanayi Sitesi No: 8
Bayrampaşa/İstanbul
Tel: (0212) 674 97 23 Faks: (0212) 674 97 29

EVEREST YAYINLARI
Ticarethane Sokak No: 15 Cağaloğlu/İSTANBUL
Tel: (0212) 513 34 20-21 Faks: (0212) 512 33 76
e-posta: info@everestyayinlari.com
www.everestyayinlari.com
www.twitter.com/everestkitap
www.facebook.com/everestyayinlari
www.instagram.com/everestyayinlari

Everest Yayınları, Alfa Yayın Grubu'nun tescilli markasıdır.

YARIN YOK

Büyük aşklar yolculuklarla başlar
Ve serüvenciler düşer bu yollara ancak
Onlar ki dünyanın son umudu
*Soyları tükenen birer çılgındırlar**

Ahmet Telli

* *Vedâ Divânı, Toplu Şiirler,* Everest Yayınları, 2018.

1.
MİRA

Merkez Şehir Devleti
Dünya Gezegeni
HUS. 121*

Sabah Konut'tan her zamanki gibi tam vaktinde çıktım, sokağın caddeye açılan köşesine kadar hızlı adımlarla yürüyüp yüreğim ağzımda köşeyi döndüm... Hanor yoktu. Oysa tartışmamızın ertesi günü gittiği iş gezisinden dönüşünde, onu her zaman buluştuğumuz yerde beni beklerken bulacağımı ummuştum. Gelseydi hiçbir şey olmamış gibi davranacaktım ama gelmemişti. Üzüldüm.

Kurum'a girince, kendi bölümüme gitmeden önce, Hanor'un çalıştığı Sono Deşifre'nin katına yürüyüp cam bölmeden içeri baktım. Çalışanlar, kafalarında son model dinleme aygıtlarıyla her ne dinliyorlarsa, bana arkaları dönük bir halde gruplaşmışlardı; aralarında olması gereken Hanor'u seçmeye çalışırken bilekliğim işbaşı alarmı verdi.

---

* Nutregon gazının kullanıldığı Felaket Savaşı ertesinde, HAYIRLI UYANIŞ'TAN SONRA 121. yıl.

Koşarak kendi bölümüme geçtim. Tam yerime oturacakken avucumda bir mesaj yanıp söndü: Radin beni odasında bekliyordu. Tuhaf! Üstlerimizle görüşmelerimizi her zaman bizim katın küçük toplantı odasında yapardık. Şefimin beni Setta gezegenine göndereceğini bildirdiği son özel görüşmemizde bile yukarı çağırılmadığıma göre, olağandışı bir gelişme var demekti.

Baş başa yaptığımız o son görüşmeden sonra konuştuklarımızı kimseyle paylaşmamamı tembihlemişti Radin. Kendine mahsus huyları vardı Şefimin, başarıya ulaşacağına emin olmadan projelerinin duyulmasını istemezdi. Dediğini yapmış, Setta'ya gideceğimi Hanor'un dışında hiç kimseye söylememiştim. Bu yüzden az sonra beni yöneticilerin katına çıkarken görenler, orada ne işim olduğunu merak edeceklerdi. Soran olursa, Setta'dan söz edemeyeceğime göre, bir bahane uydurmak zorunda kalacaktım, ki o zaman da hemen kulaklarımın ucu kızaracaktı ve beni iyi tanıyanlar doğru söylemediğimi anlayacaklardı.

Artık sadece üzgün değil tedirgindim de. Gün iyi başlamamıştı. Keşke Radin beni odasına gözcülük yapacağım gün çağırmış olaydı, diye geçirdim içimden.

Bizim bulunduğumuz havuzda sekizer kişilik dört masa vardı ve tuvalete ancak dörder kişilik gruplar halinde gidebiliyorduk. Her iki saatte bir, tuvalet zilinin müziğini duyunca aynı masada oturan dört kişi dışarı çıkıyor ve altı dakika sonra yerlerine dönmüş oluyordu. Sadece tuvalete gitmek için değil, gıda haplarımızı yutmak, su içmek, kan dolaşımını hızlandırmak adına saat başı beş yüzer adım atmak için de belli aralıklarla ve değişik melodilerle çalan zillerimiz vardı. Her hafta içimizden biri, işimizin başına tam zamanında dönmemizi sağlamak için gözcülük görevini üstleniyordu. Disiplinin bozulmaması ve verimin düşmemesi çok önemliydi; bu nedenle gözcülük çok ciddiye alınıyor, geciken arkadaşına yarım dakikalık kıyak yapan gözcünün bu hareketi, gecikeninki gibi siciline işleniyor, bu ceza yükselmesine yansıyordu. Bu yüzden gözcüler çoğu zaman yerlerinde oturamıyor, sürekli masaların arasında dolaşıyorlardı. Ben bugün gözcü olmadığımdan gözden kaçamayacaktım ne yazık ki.

Yerimden kalktım, dikkat çekmemek için önce bizim kattaki küçük toplantı odasına yöneldim, içeri girer gibi yapıp hızlı adımlarla yükselen zemine yürürken aklımda yukarıya neden çağırıldığım vardı. Radin, Setta'ya gidişimi iptal etmiş olmasın sakın!

Günün gözcüsüne tam da yukarı çıkmak üzereyken yakalandım.

"Hayrola! Nereye böyle?" diye sordu Vera.

Yalan söyleyemezdim.

"Şefimden odasına gitmem için talimat aldım."

"Yok artık! Daha inandırıcı bir bahane bul!"

Ona avucumu gösterdim. Neyse ki Şef'in mesajı hâlâ yanıp sönüyordu.

"Tam altı dakika sonra yerinde ol Mira," dedi.

"Bu benim elimde değil, tuvalete gitmiyorum farkındaysan."

Sesini çıkarmadı.

Yükselen zeminde üst katlara doğru çıkarken masadakilerin bana bakarak fısıldaşmaları gözümden kaçmadı. Niye yukarı çağırıldığımı onlardan çok merak ettiğimi bilselerdi keşke. Acaba hazırladığım son raporda bir hata mı vardı da herkesin görüp duyabileceği bir yerde fırçalamak istememişti beni Şefim? Çünkü bilirdim; çok çalışkan ve disiplinli olduğum için severdi beni.

Üniversitede hocalarımdan biri olan Toloy Radin, mezun olduğum yıl, Öğrencileri Mesleklere Yönlendirme Masası başkanıydı. Yüksek lisans konusunda kararsız kalınca ondan yardım istemiştim. Tüm seçenekleri birlikte taramıştık ve benim ilgimi, başvuranı az olduğu için *Müphem Alan* seçeneği çekmişti.

Müphem Alan dibi görünmeyen bir kuyu gibiydi, bilinmezi çok fazlaydı ama meraklısı azdı; rekabetin olmadığı bu sahada parlayabileceğimi düşünmüştüm. Yine de başvuru formumu işleme sokmadan önce, "Acaba elle tutulur bir konu seçmediğim için hata mı yapıyorum?" diye sormuştum hocama.

"Hayır, hata yapmıyorsun," demişti Radin, "Bilim, doğum öncesinin sırrını çözebildi ama ölüm sonrasının sadece pozitif bilimlerle veya mantıkla açıklanabileceğine inanmak kolaya kaçmak olur. Henüz sırrına erilmemiş, fazla kurcalanmamış bir alan bu. Derin sularda yüzmek herkesin harcı değil ama sen tuttuğunu koparan bir öğrenciydin. Bakalım bu alanda yeni bir şeyler bulabilecek misin?"

Yeni bir şeyler bulabilmek! Hepimiz bunun için yaşamıyor muyduk zaten?

Yerle gök arasında her ihtimali zorlayarak herhangi bir yeni icatla gezegenimizin ömrünü uzatmaya çalışmak, son seksen yıldır insanlığın nerdeyse tek gayesi olmuştu.

Dünyamızın ömrünü uzatmak adına, tıpkı hastalarının ömrünü uzatmaya çalışan doktorlar gibi, yapmadığımız kalmıyordu. Örneğin önceki kuşaklardan biri, iklim değişikliğiyle mücadele edebilmek için yapay zekâya gezegenimizin bir ikiz modelini yaptırmış, bununla ilgili çeşitli deneyler sürdürmüştü. Bir başka kuşak ise sinek gözünden ilham alan bir tasarımla bulaşıcı hastalıkları taşıyan bazı virüsleri saptamayı başarmıştı ama tüm bu ileri teknoloji çok büyük bir enerji tüketimine yol açıyordu. Bir yapay zekâ modelini üretmek için harcanan enerjinin saldığı karbon miktarı o kadar fazlaydı ki, çoğu kez ileri teknolojinin hasarı, yararını aşıyordu. Bu yüzden biz biliminsanları, ileri teknolojinin yanı sıra, farklı yolları da denemek zorundaydık. Kim bilir, gezegenimize zarar vermeyecek o mucizevi buluş, yabancısı olduğumuz *Müphem Alan*'da bekliyordu bizi belki de!

Hocam, sanırım, yüksek lisans seçimimi işte bu olasılık nedeniyle onaylamış, hatta beni heveslendirmiş, cesaretlendirmişti. Öğrenciliğim sırasında yardımlarını asla esirgememiş, yüksek lisansımı bitirdikten sonra da beni yöneticilerinden biri olduğu kurumda çalışmaya çağırmıştı. Artık hocam değil, şefimdi Toloy Radin.

Âlimlerin *Müphem Alan*, sıradan bireylerin ise *Öbür Dünya* dedikleri ölüm sonrasında gittiğimizi varsaydığımız âlem, kişisel gayretle ve özverili bir çabayla ilerlenebilecek bir alan olmadığından, başta hevesle sürdürdüğüm çalışmalarımda belli bir noktaya gelince tıkanıp kalmıştım. Sadece ben değil, *Müphem Alan* çalışmalarına yönelen herkes işte tam o noktaya gelince takılıp kalıyordu.

Müphem Alan'a dair tahminlerimiz, duyumlarımız vardı ama öbür dünya bir gezegen ya da uydu olmadığı için gözlemlerimiz yoktu. Henüz gidemediğimiz gezegenlerin dahi görüntüleri, sesleri, renkleri kayıt altındayken öbür dünyadan ne ses vardı ne görüntü! Mars'tan, Ay'dan, Venüs'ten ve yerleşilmek üzere gidilen diğer yeni keşfedilmiş gezegenlerden dünyamıza dönüş mümkünken, öbür dünyadan dönen de yoktu üstelik! Bu yüzden, *Müphem Alan* adını verdiğimiz o gizemli âlemde dünyamızdakinden çok daha güzel bir yaşamın mümkün olabileceğini umuyor ama bundan emin olamıyorduk. Ruhların sadece çağrımıza yanıt verenleriyle bağlantı sağlayabiliyor ve onlarla ancak içsesimizle iletişim kurabiliyorduk. Ama onlar da kendi âlemlerine dair soruları yanıtsız bırakıyorlardı.

Kısacası öbür dünya, bize geçit vermeyen kalın, koyu bir görünmez perdenin gerisinde esrarını korumaya devam ediyordu ve çalıştığım bölümde, Dünya'da bizden çok önce yaşamış insanların virüslerle, bakterilerle ve mikroplarla nasıl başa çıktıklarını araştıran ben, boşa kürek çekmekten usanmaya başlamıştım. Yüksek lisansım için beni *Müphem Alan*'a yönlendiren, hatta cesaretlendiren Radin'in şimdi beni Setta'ya göndermek istemesinin nedeni, uzun süredir aşama kaydedemeden çakılıp kaldığım noktada bana yeni bir ufuk açmaktı.

Settalılar da bizler gibi ölümlüydüler ama gezegenin çekim gücü farklıydı; orada *Müphem Alan*'la daha yoğun bir iletişim kurma olanağı bulunabilir varsayımıyla gönderiliyordum. Altı Dünya ayı boyunca Setta'da kalacak, bir ilerleme kaydedebilirsem yeni bulgularımı Şefime ışınlayacaktım. Başarım sadece şefim Radin'e değil, bağlı olduğum kuruma da yansıyacaktı. Elim boş dönsem de sadece varlıklı insanlara nasip olan bu yolculuk, benim gibi meslek hayatının başında bir biliminsanı için erişilmez rüya gibiydi. Yine de Setta'ya gönderileceğimi ilk öğrendiğimde biraz endişelenmiştim. Bir başka gezegene yolculuk kolay mı, üstelik de tek başıma!

Endişelerim uzun sürmedi neyse ki. Setta'ya dair bilgiler edindikçe hevesim ve heyecanım arttı; o kadar ki, Hanor'u da benimle birlikte gelmeye ikna edebilsem ne harika olur, diye düşünmeye başladım. Ona Radin'in beni bir süreliğine Setta'ya göndereceğini söylediğimde benim için sevinmiş olsa da birlikte gitme fikrine hiç sıcak bakmadı Hanor. Böyle davranmasını beklemiyordum. Derin bir hayal kırıklığına uğramış, hatta ona kızmıştım. Setta'nın yaşam şartlarını araştırmıştım; bu yeni gezegenin her ikimize de Dünya'nın verebileceğinden çok daha fazlasını verebileceğini bir türlü anlatamıyordum Hanor'a. Söylediklerimi dinlemiyordu bile.

Aklımın Hanor'da kalacağını bile bile gitme kararı almak da hiç kolay değildi ama ben illa gitmek istiyordum. İşte tam da o günlerde, karmaşık duyguların içinde çalkalanırken bir gelişme oldu; durugörüm sanki birkaç kerte atlayarak bir engeli aştı.

Haftada üç kez yapmamız gereken seanslardan birindeydim. Çağırdığım ruhun gelmesini beklerken, her zaman ellerimde duymaya alıştığım sıcaklık, içimi de ısıtan ama beni terletmeyen bir enerji halinde tüm gövdeme yayılmaya başladı. Sorularımı dillendirmeden önce kafamda toparlarken sanki yanıtlar da içime akmaktaydı.

Sonunda bir aşama mı kaydetmiştim?

Sanırım öyle olmuştu! Çabalarımın, çalışmalarımın semeresini nihayet almaya başlamıştım!

Kalbim sevinçten deli gibi çarpıyordu. Hemen Şefimi aramalı, bu gelişmeyi onunla paylaşmalıydım fakat frenledim kendimi. Çok utanarak itiraf ediyorum işte; beni Setta'ya göndermeyebilir diye Radin'e bu gelişmeden söz etmemeye karar verdim ve o an bir ikilemin içine düştüm. Çünkü benim kuşağımın birinci ilkesi DÜRÜST İNSAN olmaktı!

Yeryüzünde yaşayan her insan, Hayırlı Uyanış'tan beri, önce ilk düğmeyi doğru iliklemek, yani temiz ahlaklı ve dürüst olmak zorundaydı. O kadar ki, temiz ahlaklı olmak, buluşlarımızdan, keşiflerimizden, icatlarımızdan da öncelikliydi.

Neden mi?

Çünkü gezegenimiz içinde bulunduğu perişanlığa ahlak yoksunu, bencil, hırslı yöneticiler ve gözü doymayan halkların çıkardığı menfaat savaşları yüzünden düşmüştü.

Üç ayrı siyasi rejime bölünmüş dünyadamızda çıkarları nedeniyle birbirini yemekte olan ülkelerin ortak keşfi Nutregon gazı, hep birlikte hayırlı işler için kullanılacağına, bu gaza tek başına sahip olmak isteyen bloklar arasında bir çılgın yarış başlamış ve her siyasi blok kendi lanetli Nutregon Bombasını üretmişti.

Sonuçta değişik kıtalardaki ülkeler üç ayrı gruba ayrılarak birbirlerine kıymışlar, savaş dokuz yıl, barış görüşmeleri ise iki yıl sürmüştü. Tüm zamanların en ölümcül keşfi sıfatını kazanan Nutregon gazının kullanıldığı savaş, tarihe kısaltılmış adıyla *Felaket Savaşı* diye geçmişti.

Bu savaşta milyonca insan ölmüş, büyük ve küçükbaş hayvanlar, balıklar, kuşlar, arılar, börtü böcek telef olmuş, ormanlarda, tarlalarda yangınlar çıkmış, geride sadece çakıllı sahillerle çorak topraklar, suyu zehir saçan çamurlu nehirlerle denizler ve ölümcül virüsler kalmıştı... Bir de hastalıklı, perişan, kapanmayan yaralarıyla yaşadıklarına lanet eden insanlar.

Zaman içinde ölüme direnebilenlerin genlerinde hayatta kalabilmek için değişimler başlamıştı ve önceleri bu değişimin insanlığa verilen bir ceza olduğu düşünülmüştü.

Sonradan anlaşıldı ki bu bir ceza değil, yeni şartlara uyum sağlamanın yoluydu.

Yani Evren insan soyuna bir şans daha tanımıştı!

Bu şansı kullanmaya karar verebilen bazı ülkelerin akıllı insanları, MS 2285 tarihine denk düşen Felaket Savaşı'ndan sonra, diğer ülkeleri, savaşmanın doğaya ve insan soyuna sadece felaket getirdiğine ikna ettiler. Ülkeler bloklaşmadan vazgeçip Dünya'da ilk kez görülen bir fikir birliği içinde, savaşlara son verdiler. Dillerindeki selamlaşma sözcüklerini, karşılaşmalarda Barışlar Olsun, vedalarda ise Barışla Kal olarak değiştirdiler.

Yine tüm ülkelerin onayıyla o güne dek kullanılan takvimler sıfırlandı ve halklar Nutregon Felaketi Savaşı sonrasını HAYIRLI UYANIŞ olarak tanımladılar. Dünya tarihini sıfırlayıp zamanı HUS.1, yani Hayırlı Uyanış Sonrası 1. Yılı olarak yeniden başlattılar ve işte bu tarih, Dünya gezegeninde insanlık adına olumlu ve hayırlı ilk adımın başlangıcı olarak kayda geçti!

Hayırlı Uyanış'tan itibaren tarihi sıfırdan başlatan bu fedakâr kuşak, Dünya'yı yeniden yaşanır bir gezegen yapmak için savaşsız geçen otuz yılın sonunda var olan sistemi de değiştirmeye karar verdi. Hayallerini, çıkarlarını erteledi; on yıl sonrasına bile değil, yüzyıl sonrasına odaklanarak ikinci adımını temiz ahlaklı ve dürüst olmayı ilke edinerek attı. Çabalarının karşılığını ise üstün bir kuşak yetiştirmeyi başararak aldı.

İşte bu cesur kararı alanların yetiştirdiği ilk kuşak, büyükanne ve büyükbabalarımızın nesliydi. Kıskançlıktan, hasetten, kişisel çıkarlardan arınmaya ant içmiş o kuşak Dünyamızı kurtarmaya hedeflenmişti.

Bizler o özverili kuşağın torunlarıydık.

Tıpkı onlar gibi gezegenimizi ancak barışı koruyarak ve çok çalışarak kurtaracağımıza yürekten inanmış, kutsal hedefimizin kurallarına sadık kalmış üçüncü kuşaktık!

Bu üç kuşağın sayesinde Dünya var olalı beri çok şey başarılmıştı. Savaşlar gerçekten sonlandırılmış, ırk, inanç, cinsiyet ve ten renginin ayrıcalıkları, değişik kıtaların ve ülkelerin üstünlükleri gibi bölücü kavramların hepsi rafa kaldırılmıştı. Robotlar bundan böyle savaşlarda değil, sadece insan gücünü aşan işlerde ve bilimsel alanlarda çalıştırılmak üzere yeniden tasarlanmıştı. Çünkü insanlığın tek bir amacı vardı artık: Dünya gezegenini huzurla yaşanabilecek bir cennete dönüşürmek!

Yeni dünyamızda hepimizin dürüst, çalışkan olması beklenirken, ben şeytana uyup durugörümün eriştiği noktayı Şefimden saklamayı düşündüğüm için -ki bizler, on iki yaşına kadar okullarda güne doğruluktan ve dürüstlükten asla ayrılmayacağımıza dair yeminle başlardık- utandım; yüzümün kızardığını, kulaklarımın yanmaya başladığını hissettim. Hatta o an uçlarının kıpkırmızı olduğuna emindim.

Gideceğim kata hızla yükselirken içimden ağlamak geliyordu.

Elbette ağlamayacaktım da ruh halim yüzüme yansımasaydı bari.

Ruh halimin bana küstüğünü sezdiğim Hanor'la hiç ilgisi yok, diye telkinde bulundum kendime. Nasıl bir adanmışlıksa bizimki, dürüstlüğün erdemlerinden en ufak bir sapmada böyle altüst olabiliyorduk işte.

Radin'in adının yanıp söndüğü kapı kendiliğinden açılınca içeri yürüdüm ve gözüme ilk çarpan, pencerenin ardındaki muhteşem gök manzarası oldu. Pembe, mor ve grinin çeşitli tonlarına boyanmış bulutlar birbirinin içinde eriyormuş gibiydi. Bir an pencereden dışarı akıp o bulutların arasına katılmak istedim; gitmeye hazırlandığım yerde de böylesi gün batışları veya şafak söküşleri var mıydı acaba? Yeryüzü güzelliği olarak bize miras, sadece günbatımıyla şafak söküşlerinin kaldığı söylenirdi. Dalgaları köpüklü mavi denizlerin, berrak göllerin, şırıl şırıl akan derelerin, yeşilin her tonunda yapraklı ağaçlarla dopdolu ormanların, bereketli toprakların varlığını sadece okuyabildiklerimizden öğrenmiştik.

Neyse ki Güneş ve Ay hâlâ bizimleydi, hâlâ doğup batıyorlardı ve işte birkaç dakikadan fazla sürmeyen o muhteşem renkleri mümkünse kaçırmamaya çalışıyorduk. Doğuşları ve batışları gören noktalarda seyir mekânları açılır, bazı keyif veren içecekler de sunulurmuş eskiden. İnsanlar manzaraya karşı yerleştirilmiş sandalyeleri, bankları kapışırmış.

Kuşaktan kuşağa aktarılan bu güzel anıların tümü belki de atalarımızın hayal dünyalarının ürünü olan efsaneler, masallardı. Bunları ben de büyüklerimden masal dinler gibi, pek de inanmayarak ama keyifle dinlemiştim. İnsan yaşamına yaş haddi getirildiğinden beri, o masalları anlatabilen dedelerle ninelerden de yoksun kalmaya mahkûmdu artık çocuklar, benim bildiğim kadarını bile bilmeyeceklerdi ne yazık ki!

Gözümün önüne gecelerce inceleyip durduğum Setta'nın tanıtım broşürleri geldi bir an için.

Broşürler gri rengin hâkim olduğu bu gezegenin kocaman bir fanus içindeki yaşam alanlarını, kubbe damlı ve tek katlı küçük evlerini, yapay bahçeleriyle parklarını, birbirlerini gayet muntazam kesen cadde ve sokaklarını tanıtıyordu. Demir cevherinin bol bulunduğu, granitten oluşan gezegenin hava şartlarını demirin manyetik özellikleri belirliyordu. İklim ve renk açısından çok daha şanslı olan biz Dünyalılar ise gezegenimizin kıymetini bilemeyip aşırı karbon gazı salınımı, betonlaşma, çevre kirliliği ve en çok da savaşlarla doğal kaynaklarımızı önce kirletip sonra da kurutmuştuk ya, bir zamanlar yapay park ve bahçelere dahi razıyken, onlardan da yoksunduk artık...

Radin'in sesi düşüncelerimi böldü.

"Barışlar Olsun Mira, şöyle geç!" diyordu.

Girdim ve bana gözleriyle işaret ettiği yere oturdum. Lafı hiç dolandırmadan, damardan girdi konuya:

"Sana bu haberi vermek istemezdim Mira," dedi, "biliyorum çok iyi hazırlandın ama Setta yolcuğunu iptal etmek zorundayız!"

Ne öngörüymüş bendeki! Boşuna demedim sezgilerim keskinleşti diye! Renk vermemeye çalışırken, kalp atışlarımın yanı sıra gövdemdeki tüm atardamarların sesini mi duymaya başladım aniden?

Karşımda oturan adam robot olaydı kısa devre yaptı, bilgilerini karıştırıyor, diyebilirdim; yapay zekâyı tasarlayanlar da insan evlatlarıydı sonuçta ama karşımdaki Toloy Radin'di; asla hata yapmayan ve hataları asla bağışlamayan özbeöz insanoğlu!

Biz alt katlarda çalışanlar, müdürümüz dahil, Radin'in Kurum'un tüm üyelerinin görevini tek başına üstlenmiş olduğuna inanırdık. Onunla muhatap olurduk, ona hesap verirdik, ondan çekinirdik. Gözünden hiçbir şey kaçmayan Toloy Radin emrinde çalışanların bir dakikayı bile boşa harcamasına göz yummazdı, sanki dünyaya sadece bizleri çalıştırmak için yollanmıştı. Buna rağmen Radin'e hem güvenir hem de sayardık onu, çünkü sözünde dururdu. Kurumun en üst düzey yöneticilerinden biri, güya bu güvenilir adam, beni Setta gezegenindeki görevime atayan ve görev belgelerimi bizzat imzalayan kişiydi.

Acaba Setta gezegeninde gidişimi erteleyecek bir deprem, heleyan, su baskını veya patlama mı olmuştu? Yok ama olamazdı, tüm bu saydıklarım Dünya'ya dair felaketlerdi. Setta'nın yapısı bambaşkaydı. Her neyse... Madem Dünyamızda dürüst olmak en büyük erdemdi, ben de isteğimin arkasında duracak, cesaretle savunacaktım fikrimi.

Konuşmaya başlamadan önce derin bir nefes aldım:

"Söylediğinizi kabul edebilmem mümkün değil, efendim," dedim, "üç ay boyunca karşılıksız fazla mesai yaparak yerime geçecek elemana işini öğrettim, uzay gemisindeki yerimi iptal etmek için geç kalındı. Sözleşmeye göre yolculuk ücretinin geri iadesi mümkün değil. Bu araca binmem şart, yoksa biletim yanar."

"Bu bir öneri değil, bir emir! Biletin iadesini Kurum halleder. İleride bir gün gidersin Setta'ya Mira ama bu yeni görevi sen yapacaksın!"

"Neden illa ben?"

"Bu işi senden başkası yapamaz da ondan."

Keşke kendimi Setta yolculuğuna bu kadar hevesle hazırlamamış olaydım, demek istedim. Teklifi ilk duyduğum andaki halim geldi aklıma; önce panik, sonra sevinç, daha sonrasında ise uykusuz geceler...

Patronlarımız, çalışanlarını bir başka gezegene göndermek için rızalarını almaya mecburlardı. Kendi gezegenimizin içindeki tayinlere ise itiraz hakkımız yoktu. Kesin kararımı vermek için iki haftam vardı. Gezegen değiştirmek gibi zor bir kararı almadan önce çok ama çok düşünmüş ve giderek ısınmıştım bu yolculuğa. Sonuçta kararımı gitme yönünde vermiştim! Bir karara vardıktan sonra fikir değiştirmek huyum yoktur benim. Altı ay sonrasına rast gelen bir tarihte kalkacak uzay gemisinde yer ayırtmak için başvuru formunu hemen doldurmuş, o günden itibaren fazla mesailer, gece nöbetleri hatta kupon karşılığında arkadaşların da nöbetlerini üstlenmek gibi ek getiri sağlayacak işlerde çalışmaya başlamıştım. Gün içinde boş tek bir saatim kalmamıştı çünkü Setta gezegeninin hava basıncına uyum sağlamak için hiç hesapta olmayan beden ve nefes egzersizleri, parmak ucu hassasiyeti geliştirme, psikolojik yardım ücretleri gibi öngörülmeyen masraflar çıkmıştı. Bana düşen her görevi hiç gocunmadan yerine getirmiştim.

Radin'e tüm bunları anlatıyordum ama dinlemiyordu bile beni!

Kendi gerçeğimi söylemeye ise cesaretim yoktu. Dünyadaki yaşantımdan hoşnut değilim, diyemiyordum. Bugün ne yapıyorsam yarın, öbür gün, daha sonraki gün, kısacası yaşadığım sürece hep aynı şeyi yapmaya devam edeceğimi biliyordum. Gençliğim solacak, orta yaşım gelip geçecek, dünyaya faydalı olmak için çalışıp dururken yaşlanacak ve artık çalışamayan yaşlıların koğuşunda, kim bilir yanımda yatan hangi bunağın zırvalarını dinleyerek ölüp gidecektim, lezzetli ölüm iksirini içerek.

Çaresi hâlâ bulunamamış olan bunamanın sebebini insanlığı avucunun içine almış bulunan karamsarlığa bağlayanlar çoğunluktaydı. Ben de katılıyordum onlara çünkü gelecekten beklentisi kalmayanların iyimser olması mümkün değildi. Evet, ilkeli, dürüst ve çalışkandık ama mutlu değildik; yoksa tüm diğer organlarımız zıpkın gibi işlerken belleğimiz niye iflas etsindi ki? Orta yaşı aşanların çoğunluğuna musallat olan bunamanın ilk emareleri görülünce hemen geciktirici önlemler alınıyor, kiminin hastalığı yavaş, kimininki hızlı ilerliyordu ama beyin nakli yapılmadıkça bunama önlenemiyordu. Beyin nakli ise ancak genç bir insanın ölümüne bağlıydı ki, gelişen teknoloji sayesinde, Tayro virüsü dışında, herhangi bir hastalıktan dolayı erken ölüm adeta imkânsızlaşmıştı. Bu yüzden bunayan hastalar, tuvaletlerini kendi başlarına yapamaz hale gelince, bakımevlerinin kullanımına verilmiş leziz bir şurupla gönderiliyorlardı öbür dünyaya. Söylence o ki, şurup o güne kadar tattıklarımızın en lezzetlisiydi fakat içenler konuşma fırsatı dahi bulamadan son uykularına daldıklarından bu söylencenin kanıtı yoktu!

Olsun... Bir nevi kurtuluş oluyordu ölüm, bu çekilmez durumdan!

Gelelim dünyamıza musallat olan ölümcül virüse... Her derde şifa bulan biliminsanlarının bunaklığın yanı sıra çaresiz kaldığı ikinci bela, üstesinden gelmeyi bir türlü başaramadığımız Tayro virüsüydü! Virüsün aşısını bulduk, panzehrini keşfettik diye sevinmekten bile çekinir olmuştuk çünkü kontrol altına aldığımızı sandığımız virüs, kısa bir süre sonra şekil değiştirip yeniden zuhur ediyordu. Değişik ülkelerin yöneticileri, uzun yıllardır, üniversite çağına gelmiş gençlerin neredeyse yarısını bu virüsü alt etmek üzere eğitmeye başlamıştı. Tüm deneyleri ters köşe yapan akıllı virüs her ilaca karşı koyuyor, aşılar ise ona vız geliyordu. Kurbanlarını yaşlarına bakmaksızın seçen virüsün karşısında, bunaklık hariç her derde şifa bulan bilim, ne yazık ki çaresiz kalmıştı!

Tayro'nun zararı bununla da bitmemişti; birçok değişik alanda yararlanabileceğimiz robot ordularının yarıdan fazlası, insanlar bunaklara bakmayı istemediklerinden, virüs kurbanlarının bakım ve hizmetine ayrılmıştı.

Dünyamızda yaşam buydu işte!

Düşüncelerim yüzüme yansımış olmalı ki, "Bugün neyin var senin, neden böyle karamsarsın Mira?" diye sordu Radin.

Duygularımızın, düşüncelerimizin esiri olmak, hele de içdünyamızı yüzümüze yansıtmak hiç hoş karşılanmazdı bizim toplumumuzda.

Toparlandım, "Setta'ya gitmeyi beklerken... Hayal kırıklığı işte," diyebildim.

Gözlerini gözlerime dikip, "Kaybettiğin bir şey yok ki," dedi Radin, "yeni görevin, önüne açılan bu müthiş kapı öyle fırsatlar sunuyor ki sana, öğrendiğinde bence Setta'ya gitmekten kendin vazgeçeceksin."

Yöneticilerin görevlerimizi seçme hakkımız varmış gibi davranmaları yok mu... İllet oluyordum buna. Hayat yolumuzun seçimini bize bırakıyormuş gibi davranıp hemen ardından emir kipine geçmesini iyi biliyorlardı.

"Sizi dinliyorum," dedim.

"Birkaç yıldan beri ses alanında çalışan ekibin geçmişte yapılan konuşmaları kayda almayı başardığını biliyorsun... Son aylarda çok daha büyük bir aşama kaydettiler. Artık sadece kapalı alanlarda değil, açık havada konuşulanlar da yapay zekâ sayesinde anında çözümlenebilir hale geldi."

Benden onay ister gibi yüzüme baktı. Elbette biliyordum; deneyimim az, yaşım küçük olabilir ama ben de senin gibi bir biliminsanıyım, diye geçirdim içimden.

"Seslerin çözümlenmesindeki aşamanın her safhasından haberdarım, Şefim."

"Bu çalışmaları dikkatle takip ettiğini biliyorum Mira, zaten bu yüzden değerli bir elemansın. Şimdi sana son durumu aktarayım... Çözdüğümüz seslerin kimliklerine ulaşmayı da başardık!"

Bu da bilmediğim bir şey değildi çünkü ses çözme ekibinde çalışan Rabo bizim koğuşta, yanımdaki yatakta yatıyordu, ekibin başındaki Hanor ise... Her neyse. Artık sadede gelseydi ya şu adam! Kıpırdandım oturduğum yerde.

Beni etkilemek için gözlerimin içine bakmayı sürdürerek, "Yapay zekâ sayesinde çok önemli bazı konuşmaları çözmeyi başardık," dedi Radin, "sen de kendi alanındaki hünerlerinle bizi desteklersen, bugün dünyamızı kavuran bulaşın panzehrini bizim ekibin bulacağını şimdiden hayal etmeye başlayabiliriz," diye ekledi ve masasının üzerinden bana doğru iyice eğilerek "Bu yılki Büyük Ödül kesin bize gelir!" diye fısıldadı.

Adamın aklı fikri kendi ekibinin başarısında, diye geçirdim içimden.

Kazanacağımız ödül sayesinde, en büyük pay ona kalmak üzere, hepimizin eline bir miktar kupon geçecekti, bir de parçalara bölemeyeceğimiz için paylaşamayacağımız koskocaman, sevimsiz bir kupamız olacaktı! Kupa, Kurum'un itibar köşesindeki rafta kendine yer bulurdu da biz elimize geçecek kuponla ne yapabilirdik ki?

Doğal gıda yoktu, hapla besleniyorduk.

Giysileri, eskilikten parçalanmadan yenilemek yasaktı.

Birkaç kuşak önceki atalarımız gibi tatile gitmenin de bir anlamı kalmamıştı. Haftanın altı günü sabahtan akşama dek çalışan ve tuvalete bile izinle giden bizler, altı günün sonunda tek bir gün ve her üç ayın son haftasında üç günlük tatil hakkı kazanıyorduk. Daha fazlasını elde etsek ne fark ederdi ki? Dünya gezegenindeki yüzlerce Şehir Devletinin hangi harika köşesine tatile gitmeye değerdi acaba? Atalarımızın seçim yelpazesinde, kayak ve yürüyüş sporları için karlı dağlar, yüzüp serinlemek için kumsallar, balık tutmak için göller, denizler varmış! Tatil denen süreç dinlenme, kafa boşaltma ve gezme zamanıymış.

Dinlenme ve kafa boşaltma tamam da gezmeyi geçiniz!

Gezmek ancak ışınlanma teknolojisine yetecek kuponu olanlar içindi.

Diyelim ki zenginiz, ışınlandık Dünyamızın görmeyi arzuladığımız bir başka diyarına; orada buradakinden değişik ne vardı ki? Gezegenin tüm nehirleri ve gölleri suları çekildiğinden beri bataklığa dönüşmüştü. İklim değişikliğinin kuruttuğu yeryüzünde hiçbir şey yetişmediğinden nereye gidersek gidelim aynı yapay ağaçların altında nefeslenecek, suni gıdaya kupon kesecek ya da kolay yolu seçip beslenme haplarımızı yutacaktık. Yapay göllerin suyu içilir gibi değildi. Ağız tadını unuttuk bile diyemiyorum; ne olduğunu bilmiyorduk ki unutalım, sadece duymuşluğumuz vardı. Dünyanın herhangi bir köşesinde gerçek yeşilliği göremeyecek, denizlere, göllere giremeyecek olduktan sonra, şahsen koğuşumdaki alıştığım yatağımda kalmayı yeğlerdim. Metaverse'e girmek neyime yetmiyordu ki; oturduğun yerde aç tabletini, istediğin kadar gezin dur sanal manzaraların arasında...

Düşüncelerimi yine Radin'in sesi böldü.

"Biliminsanları olarak hepimiz yıllardır gezegenimizi kavuran virüsle baş etmeye çalışıyoruz ya Mira, bu virüsün MS iki binli yılların başında üretildiğini yeni öğrendik."

İşte bunu bilmiyordum! İlk kez diklendim oturduğum yerde.

"Aaa! Ne zaman öğrendiniz bunu?"

"Bu başarı çok yeni. Açık etmeden önce birkaç deney daha yapmak zorundayız, bu yüzden lütfen henüz kimseyle paylaşma."

"Elbette paylaşmam. Başarının onuru kime ait, Şefim?"

"Sono-Deşifre'nin başarısı diyebiliriz. Tarihin kendini tekrar etmesini bir anahtar gibi kullanarak zamanda çok gerilere gittiler ve bazı bilgilere ulaştılar."

Doğru söylüyordu; Hanor başta olmak üzere, Sono-Deşifre'de çalışan arkadaşlar, son zamanlarda bazı yeni gelişmelerden söz ederken çok heyecanlıydılar.

Radin anlatmaya devam etti.

"Biliyorsun, önce zaman makinesiyle geçmişe dinleme cihazlarını yolladık, sonra cihazların kaydettiği sesleri çözmek üzere Sono-Deşifreler devreye girdi ve ilginç bilgilere ulaştılar. Artık ne yapılması gerektiğini anlamıştık: Ses çözme atölyelerinin tüm elemanlarını, geçmiş zamanların belli başlı hastanelerinin, laboratuvarlarının ve tıp fakültelerinin bulunduğu mekânların geçmişten kalan seslerini kaydetmeye yönlendirdik."

Söylediklerinin etkisini tartmak için bir süre yüzüme baktı ve devam etti:

"Biyoloji, farmakoloji ve kimya laboratuvarlarının kayıtlarını özellikle üstün zekâlı özel robotlara taratarak çözdürdük. Öğrendiklerimizi duyunca sen de şaşıracaksın Mira, meğer sesler de parmak izleri gibi biricikmiş."

Amacına ulaşmıştı, merakımı uyandırmıştı nihayet; "Nasıl yani?" diye sordum.

"Tam parmak izleri gibi değillerse de... Sesin renginden, tınısından, volümünden sahibinin hangi soydan indiğini öğrenmek mümkün!"

"Gerçekten mi?"

"Evet, ses frekansları üstüne uzmanlaşmış biliminsanları ile yapay zekâ ekibi aylarca gece gündüz aralıksız çalıştı. Çözülen konuşmaları kayıt altına aldıktan sonra bizim bölüm sadece bizi ilgilendiren seslerin peşine düştü. Kimlerdi bunlar? Tecrübelerinden yararlanmak istediğimiz biyologlar, kimyagerler ve mucitlerdi. Bu biliminsanlarının nüfus belgelerine ve gen haritalarına dayalı ikinci bir araştırma sonrasında, geçmişte bu alandaki önemli kişilerin yaşadıkları yerleri saptayıp seslerine ulaşmayı başardık."

Ben, bu kadar önemli bir gelişmeyi Hanor neden benimle paylaşmadı acaba, diye düşünürken, Toloy Radin son vuruşunu yaptı:

"Bu çalışmalar sayesinde Mira, dünyamızı tehdit etmekte olan virüsün çıkış noktasını saptadığımıza inanıyoruz."

"Çok hayırlı bir ilk adım bu, sizi ve ekibinizi kutluyorum Şefim, daha nice başarılı çalışmalara," dedim, içtenlikle.

"Bundan sonraki çalışmalarda sen de bizimle olacaksın."

"Ama bu anlattıklarınızın benim alanımla ilgisi yok ki."

"Senin alanına giren çalışmalarımız da olacak."

"Bu yüzden mi Setta'ya gidemiyorum?"

"Şimdilik gidemiyorsun. Sana burada ihtiyacım var."

"Neden ben? Bu binada yüzlerce biliminsanı çalışıyor," diye üsteledim.

"Haklısın ama senin bir ayrıcalığın var," dedi Radin, "virüsün formülüne ulaşan kişi, senin atalarından biri."

"Aaa! Emin misiniz?" diye sordum kulaklarıma inanamayarak.

"Sadece ben değil, ses ekibinde çalışanların hepsi emin. Ses kayıtlarını dinlerken tesadüfen öğrendik bunu. Bir hekim olduğunu anladığımız kadının ses frekanslarını kataloğumuzdaki binlerce sesle eşleştirdik. Sen, o formülün yazılı halini gören kişinin soyundan iniyorsun."

Alacağın olsun Hanor, hiç olmazsa bunu bildireydin bana, diye söyledim içimden.

"Mira! Benimle misin?"

"Şefim, elbette... O kişiyle irtibata geçmemi mi istiyorsunuz?" dedim toparlanarak.

"Senin alanın bu değil mi?"

Sanki bilmiyordu beni bu alana itekleyenin kendisi olduğunu.

"Sayenizde Şefim," dedim, "tam da benim alanım. Yoksa beni ihtisas alanıma bu günler için mi yönlendirdiniz?"

"Birkaç yıl sonra sesleri çözebileceğimizi bileydim kesin yönlendirirdim ama ihtisas alanını sen kendin seçtin, Mira. Klasik bilim dallarının doyma noktasına geldiği bahanesiyle değişik bir konu arıyordun. Sanal dünya ise hiç ilgini çekmediğinden, göreceli olarak az kurcalanmış bir alan aramıştık senin için. *Müphem Alanı* ısrarla sen istedin."

"Haklısınız Şefim, alanımı sizin yardımınızla ben kendim seçtim," dedim. "Madem durum böyle, her şeyi bırakıp bu işe odaklanayım. Kiminle irtibata geçmemi istiyorsanız söyleyin ki zaman kaybetmeden çalışmaya başlayayım. Uzay gemimin kalkmasına epey vakit var. Gidene kadar size mutlaka işinize yarayacak bilgiyi veri..."

Lafımı bitirtmedi, "Bu, aceleye getirebileceğin bir iş değil Mira," dedi, "çalışmalarını öyle birkaç haftaya sıkıştıramazsın, iki binli yılların başına doğru gidip zamanı otuzar yıllık katmanlara ayırarak çok dikkatli taramalısın... Gözünden hiçbir şey kaçırmayarak, sindire sindire!"

"Şefim, bu iş çok uzun sürebilir."

"Dikkatini verir, vaktini iyi kullanırsan sürmez! Madem formül senin sesinle eşleşen kişi tarafından bir yere not edilmiş, formülü bulmana yardım edecek kişi de o olacaktır. Ona erişebilmek için ailendeki kuşakları teker teker tara. Ayrıca yol haritanı da hazırla. Çözülmüş ses kayıtlarının önemli bir kısmını ben temin edeceğim ama *Müphem Alan*'dan gelecek bilgileri sana bırakıyorum. Burası senin çalışma alanın ve ben sana güveniyorum, Mira."

"Güveninize teşekkür ederim. Elimden geleni yapacağım."

"Fazlasını yap. Virüsün orijinal formülüne ulaşmamız şart."

Yeni görevimin ağırlığı altında kendimi ezilmiş hissettiğim için hiçbir şey söyleyemedim. Radin de suskundu. Bir süre ikimiz de konuşmadık.

Sessizliği Radin bozdu:

"Mira, bu ekibin içinde formülün yerini tam isabetle tespit etmeyi ancak sen başarabilirsin. Aşıyı da ancak o formülü ele geçirdiğimizde üretebiliriz, bunu biliyorsun değil mi?" diye sordu.

"Aşının ancak ilk formülüne ulaşılırsa üretilebileceğini biliyorum."

"Dilerim insanlık için büyük bir başarıya imza atabileceğinin de farkındasındır."

"Şu anda farkında olduğum, planlarımın ve arzularımın gözünüzde hiçbir değeri olmadığı... Ama benden ne istiyorsanız onu yapmak durumundayım."

"Bu öldürücü virüsü birlikte yendiğimizde teşekkür edeceksin bana çünkü adın duyulacak, rütben yükselecek."

Gözlerimle okşayacağım kupam da olacak, dersem alay ettiğimi anlar diye hiç ses çıkarmadım.

"Bu işi kotardığında seni Setta'ya göreve değil, tatile yollayacağım. Söz!"

Ben artık inanır mıydım onun vereceği sözlere!

"Ama sen virüsten arındırılmış Dünyamızdan ayrılmak istemezsen elbette ısrarcı olmam!"

Şakacıydı da Şefim!

Sonunda ayağa kalktım, elimi kalbimin üzerine koyarak selamladım Radin'i. Bölümümdekilerin sorularına hedef olmamak için çalışma havuzuma uğramadan çıktım binadan.

Bırakın keyif, umut, mutluluk vermemesini, bana besin ve su dahi veremeyen, yazları sıcaktan kavrulan, kışları çamur bataklarıyla kaplanan, Tayro virüsünden kırılan bu korkunç gezegenden Hanor'la birlikte (demek onu ikna edeceğime dair hâlâ umudum vardı) veya tek başıma kurtulmama ramak kalmışken başıma gelene gerçekten inanamıyordum!

Kendimi Toloy Radin'e söverken yakaladım ve tam da o anda bir binanın köşesini dönmekte olduğum için, dondurucu kuzey rüzgârı yüzüme tokat gibi çarptı. Sarsıldım. Korktum da. Pelerinime sımsıkı bürünüp binanın saçağı altında yürümeye devam ederken bunun bir göksel uyarı olabileceğini düşündüm çünkü *Müphem Alan* bölümündeki değerli hocam Hüsrevof öğrencilerine "Dilinize ilk geleni söylemeden önce iki kere düşünün ama aklınıza ilk gelen düşünceye güvenin, beklediğiniz mesaj size her zaman ilk düşünceyle gelecektir," demişti. Onun bu sözü hep kulağımdadır, dolayısıyla az önceki kadirbilmezliğimden utandım. Toloy Radin benim hocamdı, yönderimdi, şefimdi, benim iyiliğimi isteyen biriydi; nasıl çıkmıştı o sözler ağzımdan! Nasıl söverdim bana bir başarı kapısı daha açmaya hazırlanan büyüğüme! Kaldı ki ben ve arkadaşlarım Şehir Devletimizin mutlu azınlık sınıfından sayılırdık; işimiz ve gelirimiz vardı, nefesimizle ısıttığımız koğuşumuzda yan yana yataklarımız vardı. Yatağa uzanır uzanmaz yorgunluktan uyuyakalanlar olduğu gibi, gün ağarana kadar aralarında konuşanlarımız da vardı. Konuşmalarımız geleceğe ait değildi, geleceğin nasıl olabileceğini hayal edemiyorduk çünkü bu yeni keşiflere, icatlara, buluşlara bağlıydı. Dünyayı düzeltemezsek hep aynı kısırdöngüde yaşamaya devam edecektik. Biz, koğuşun gevezeleri birkaç arkadaş hep geçmişe dair kulaklarımıza çalınanları, ana babalarımızdan, dede ve nenelerimizden duyduklarımızı konuşurduk.

Yıllar içinde başa geçen idarecilerin kimi günümüzü gözden düşürmemek adına geçmişi araştırmayı yasaklamış, kimi de ibret alalım diye serbest bırakmış, hatta araştırmaya özendirmişti. Mesela Atol Hoca bir gün derste öğrencilerine, yüzyıl öncesine kadar sürdürülen kutlama ziyafetlerini anlatmıştı. Ziyafet, özenle hazırlanmış çeşitli yemeklerin sergilenmesi anlamına geliyordu.

Özel günlerde insanların aileleri veya dostlarıyla bir sofranın etrafında buluşarak inançları veya gelenekleri gereğince hindiden koyuna çeşitli hayvan etlerini, sebze yemeklerini ve tatlıları yemeleri âdettenmiş. Çok keyifli kutlamalarmış bunlar. Atol Hoca sözünü ettiği hayvanların canlı ve pişirilip tabağa konmuş hallerinin fotoğraflarını da göstermiş olmasına rağmen, anlattıkları pek inandırıcı gelmemişti bize.

Gerçi doğru olmasalar da fark etmezdi, mutlu olabilmek için geçmişi konuşmak veya hayal etmek zorundaydık. Mutluluk geçmişte kalmıştı çünkü.

Günümüzdeki Genel Barış asla bozulmazsa, salgın hastalıkları da yenebilirsek belki... Belki... gün gelir, bir sabah şafak sökerken bir umut filizlenirdi yüreğimizde. Dillendirmesek bile güzel bir güne uyanmayı umardık... ışıklı aydınlık bir sabah, filiz vermiş bir bitki, suda zıplayan bir balık, beyaz kanatlı bir kuş... hatta belki de aşk... bir gün!

Olabilir miydi?

Ben aşka bu kadar açtım madem, Hanor'u niye uzaklaştırmıştım kendimden?

Uzaklaştırmakla kalmamış, besbelli küstürmüşüm ki, beni çok sevindirecek bir gelişmeyi, üstelik ses eşleşmesinde adım geçtiği halde, paylaşmamıştı benimle. İş çıkışında kapıda beklesem Hanor'u, bana anlatır mıydı bu işin aslını?

Nasıl olmuştu acaba bu ses eşleşmesi? Nasıl? Nasıl? Benim sesimi nasıl duy... ah, tabii ya! Epey zaman önceydi; Radin geç saatlere sarkacak bir toplantı koymuştu, ben de Hanor'a, kararlaştırdığımız gibi iş çıkışında Seyir Sahili'ne gelemeyeceğimi bildirmek istemiştim. Çalışma saatlerinde, şeflerimizin dışındaki irtibat kanallarımız mesai sonlanana kadar otomatik olarak kesilirdi, mesaj yollayamıyordum. Bu yüzden birkaç saniyeliğine Hanor'un çalıştığı Ses Kayıt ve Dinleme odasına girmiş, mesajımı kulağına fısıldayıp çıkmıştım... Benim bir cümlelik sesim yeterli gelmiş yüzyıllar önce yaşamış akrabamın sesiyle eşleşmeye. Demek Setta yolculuğumun askıya alınmasına aslında sen sebep oldun, Hanor!

Kafam karmakarışıktı, duygularım da öyle. Yurda gidip koğuştaki yatağıma uzanmaktan vazgeçtim. Yaşadıklarımı sindirmek ve kafamı toplamak için bir süre tek başıma kalmak istiyordum. Orgazma Kliniği'nin yoluna saptım. Penceresiz, loş ışıklı küçük bir odada, rahat ve geniş bir divana uzanarak ekrandaki seçeneklerden birini seyrederken orgazma ulaşmak elbette bir ücrete tabi idi ama ben o divana uzanıp sadece sessizce yatmak ve düşünmek istiyordum.

Ekranı kullanmayacağım için acaba bir indirim alabilir miydim?

Girişteki görevliye sordum bunu.

"Orgazm için gelmedinizse burada işiniz ne?" dedi bana.

Haklıydı, avucumu açıp ışığa tuttum, ücret hesabıma işlendi. Avucumda beliren numaraya bakıp koridorun sol tarafındaki yedi numaralı odaya girdim. Divana yüzükoyun uzandım, pelerinimi üzerime örttüm, gözlerimi yumdum ve gün içinde yaşadıklarımı düşündüm, nerede hata yaptığımı da!

Hata yanlış adamı seçmemdeydi. Birlikte yeni bir hayata başlamayı umduğum Hanor, beni hayal kırıklığına uğratmıştı. Oysa ben ne çok güvenmiştim ona; dürüstlüğüne, aklına, dostluğuna ne kadar hayran kalmıştım.

Yalnızlıktan usanmış olmam da ikinci hatamdı. Kadınlı erkekli bir koca koğuşta kimseyle sorunum olmadığı halde, kendimi yapayalnız hissetmemdeydi ve ancak öğreniyordum ki, gerektiğinde yalnız kalınabilecek bir alanın olmaması da ayrı bir sorundu! Yalnızlıktan olduğu kadar, yalnız kalamamaktan da kaynaklanan bu bunalma duygusu, sadece bana özgü değildi. Kimse ne şikâyet ediyor ne duygularını dillendiriyordu ama ben biliyordum: Hepimiz, hele benim yaşlardakiler, yaşayamadığımız fakat var olduğunu sezdiğimiz duygusallığı özlüyorduk, hani adı aşk olan!

On yıldan beri süregelen bir uygulamayla aşkı ancak kura çekimini kazananlar yaşayabiliyordu; elbette kurayı çeken o iki kişi birbirinden hoşlandıysa... Yoksa ilişki sadece cinsel birleşme seviyesinde kalıyordu, hem yaşamın hem de insan soyunun devamını sağlamak amacıyla üstlenilmiş kutsal bir görev gibi... Ayrıca adı kura çekimiydi ama hepimiz biliyorduk ki, sahte bir kuraydı bu. Aslında daha önceden saptanmış, kim bilir kaç kan, tükürük, ter, sıvı testi ile genetik araştırmalardan geçirilmiş biri erkek diğeri dişi iki kişinin, insan soyunun devamı için birleştirilmesiydi. Dünyaya çocuk getirme suni döllenmeyle de mümkündü ama deneyler, doğal yolla doğan bebeklerin çok daha sağlıklı ve sorunsuz bireylere dönüştüğünü ortaya koymuştu. Doğal birleşme bu yüzden tercih ediliyordu. Dünyaya gelen çocuklar hemen koruma altına alınıyor, her yıl kaç çocuğun doğacağı o yılın vereceği mahsule göre ayarlanıyordu. Hiç doğum olmadan geçen yıllar da oluyordu. Bilimsel istatistikler ne derse onu emir kabul ediyorduk.

Dünyanın ve insan soyunun devamı için her cinsten insanın özveri göstererek nice fedakârlığa katlandığı bir dönemdi bizimki. Ama hakkını vereyim, Şehir Devletimiz dünyaya çocuk getirme mecburiyetinin dışında kalanların duygusal aşklarına asla karışmıyordu. Bulaşıcı hastalıkları önlemek adına ve doğum kontrolü açısından yasaklanan, sadece cinsel birleşmelerdi. Orgazma Klinikleri de işte bu yüzden vardı; insanlar cinsel gereksinmelerini virüs bulaştırma, hastalık kapma ve döllenme endişesi taşımadan yaşayabilsinler, rahatça hazza erişebilsinler diye! Kısacası bu kliniklerde cinsellik niyetiyle yaşadığımızın konulmamış adı *kontrollu seks*'ti; işlevi tamamdı ama duygusu eksikti!

Devletimizin cinsel ihtiyaçlarımıza böylesine duyarlı olmasına, duygusal seçimlerimize özgürlük tanınmasına rağmen yeryüzünde mutlu, umutlu ve bunalımda olmayan insan kalmamış gibiydi. Ruh doktorlarının kapısında uzun kuyruklar vardı. Doktorlar, hiç olmazsa hafta sonu izinlerinde illa eğlenmelerini önerip yolluyorlardı kapılarında birikenleri.

Eğlenmek?

Eğlenmek efkâr dağıtmak, kafa bulmaktı. Ama her türlü alkollü içki ve keyif verici madde yasak olduğundan bunlar ancak akşamın ileri saatlerinde, sokaklarda fink atan karaborsacılardan temin edilebiliyordu. Kaliteli içkiler ve keyif vericiler çok pahalıydı. Bunlara, elbette gizli kalmak kaydıyla, ancak göreceli olarak zengin sayılan yöneticilerin çocukları ulaşabiliyordu. Diğerleri pislikten üretilen ve karaborsası dahi ucuz olan hapları kullanıyor, sabahlara kadar müzik eşliğinde tepinip stres attıktan sonra, huzurlu derin uykular yerine tedirgin ve kâbuslu uykulara dalıyorlardı. Ertesi sabah zorbela uyanan ve sersem kafayla çalışan insanların yapacağı işten hayır mı gelirdi? Gelmiyordu. İşi gücü olmayan en yoksul kesimden ise kobay olarak faydalanılıyor, karşılığında insanlığa yararlı olmanın gururuyla avunmaları bekleniyordu... boşuna bir gayretle. Karamsarlığın, umutsuzluğun neden olduğu intiharlar iyice artıp salgın halini alınca yöneticiler içki ve madde yasağını kaldırmak zorunda kaldılar. Bu özgürlük de yine sadece maaşları yüksek olan yöneticilerin çocuklarının işine yaradı. Onlar sağlıklarına zarar vermeyen kaliteli maddelerle kafa bulur, stres atarken sıradan gençler ucuz keyif vericilerin kurbanı olmaya devam ettiler.

Kısacası onca iyi niyet ve disipline rağmen biz Dünyalılar giderek düşen seviyeler ve kötüleşen şartlarla yaşamaya mahkûmduk. Bence gelir veya bilgi seviyesi ne olursa olsun gezegenimizde kimse mutlu değildi.

Dünyamızı kurtarmaya soyunmuş benim kuşağımın işte böylesine sevimsiz bir kısırdöngüye girdiği günlerdeydi, ucuz maddelerle kafa bulup stres atmak yerine, aynı koğuşu paylaşan arkadaşlar olarak kendimizi oyalacak başka yollar aramış ve maliyeti sıfır bir uğraş bulmuştuk: Geçmiş kuşakların sanatını, tarihini, edebiyatını araştıracak, öğrendiklerimizden ileriye yönelik faydalanmaya çalışacaktık. Orta ve yüksek eğitim çağında hiç boş zamanımız olmamıştı ama çalışmaya başladığımızda, iş sonrasında nasıl geçeceğini bilemediğimiz boş saatlerimizi doldurmaktı, maksat.

Bir dernek kurduk. Aralarında Hanor'un da bulunduğu başka gönüllülerle genişledik.

Dünyanın savaş tarihini incelemek, kimseyi savaşa özendirmesin diye hâlâ yasaktı ama şanslı sayılırdık, geçmişe dair araştırmalara getirilen yasak tam da o günlerde yumuşatılmış, savaş tarihi dışındaki konulara izin verilmeye başlanmıştı.

Biz ilgi alanımızı sanat ve edebiyat olarak saptadık. Başvurumuzu yaptık. İzin masasından engel değil destek gördük. Demek bir şeyler değişiyordu dünyamızda. Sevindik.

Benim Hanor'la yakınlaşmam da işte tam bu döneme rastladı. Yirmi üç kişilik bir grup olarak artık boş zamanlarımızda eski metinleri tarıyor, eriştiğimiz her bilgiyi bazen özetleyerek bazen noktasına dokunmadan üyelerimize gönderiyor, tatil günlerinde bir araya gelip öğrendiklerimiz üzerinde tartışıyorduk. Ufkumuz genişliyordu böylece.

Orta eğitim sürecinde, bize sadece Dünyamızı mahveden son savaşı ve ondan sonra yaşananları öğretmişlerdi. Geçmişte yaşananlar ilgi alanımızın dışındaydı. Geleceğe dönük yetiştirildiğimiz için hep ileri bakmak ve kendimizi sürekli geliştirmek zorundaydık. Daha öncesinde olup bitenlere ancak ergenlik çağını ve mecburi eğitimi sonlandırdıktan sonra, özel izinle erişilirdi.

Bu özel dikkatin nedeni, geçmişe dair bilgilerin bizi savaşa özendirmesi korkusuydu. Dersimizi almış olarak artık hep barış içinde yaşayacak ve sadece geleceğe odaklanacaktık. Bu nedenle, eski zamanların tüm sosyal dersleri kaldırılmış, yerlerine kozmosu ve yeraltını araştıran, sorgulayan ve çoğu geometri, matematik, fizik, astrofizik gibi sayısal ve ayrıca biyoloji, farmakoloji gibi deneysel dersler konmuştu. Bu yüzden benim kuşağım geçmişe dair sosyal bilgi olarak sadece savaşların kötülüklerini öğrenmişti. Son savaştan önce yaşanmış olanları ise hiç öğrenmemiştik ki tartışalım.

Ama biz, bir avuç genç, kurduğumuz dernek sayesinde geçmişe de göz atabilmiş ve ne çok şeyi bilmediğimizi fark etmiştik. Erişebildiğimiz edebiyat metinleri ve hatta resim sanatı, bildiklerimizin dışında kalan hayatın ayrıntılarını sermişti gözlerimizin önüne.

Geçmişte yazılmış romanlardan, öykü ve şiirlerden, hatta resimlerden öğreniyorduk ki, eski dünya ekolojisinin, hayat felsefesinin hatta günlük yaşamın bugünün dünyasıyla hiçbir benzerliği yoktu. Eğer okuduklarımız gerçekten doğruysa bir zamanlar berrak akan dereler, balıkların oynaştığı denizler, koyunların ineklerin otladığı yaylalar, yemyeşil ormanlar, kilometrelerce uzanan kumsallar varmış dünyada ve onca güzelliğe rağmen acı, ıstırap, hastalıklar hatta açlık... ama... aynı zamanda aşk da varmış, ta ki o son büyük savaşa kadar!

Öğrendiklerimizin belki de çoğu masaldı ama bir zamanların o eşsiz doğasını ve doğanın bereketinden yararlanan mutlu insanları hayal etmek bile bize iyi geliyordu. Hatta gerçekten var idiyse o cennet, onu geri getirebilir miyiz diye minicik bir umudun peşine takılmıştık... Bir hayaldi bizimki ama hayaller gerçekleştirmek için kurulurdu.

İşte bu nedenle derneğimizin üyesi olan bazı arkadaşlarla bir araya gelerek Dünyamızı eski haline döndürmeye odaklı projeler hazırlayan, şu anda elemanı olduğumuz Kurum'a başvurduk.

Toloy Radin Kurum'un yöneticileri arasındaydı. Grubumuzun bu önemli organizasyona katılabilmesinde onun yardımlarının rolü büyük oldu. İşte o günden sonra, mutluluğu yeni gezegenlere ulaşmak için sürekli geliştirilen teknolojiyle değil, kendi gezegenimizin geçmişteki bereketiyle bir kere daha yakalamak için değişik alanlarda çalışmalar başlattık. Böylece daha iyi günlere kavuşacağımızdan umutluyduk.

Şanslı sayılırdık; bizi barındıran, günün şartlarına göre doyuran bir devletimiz, işimiz ve bir de yüce amacımız vardı. Kısacası hayat belki tekdüze ama sorunsuz akmaktaydı, ta ki Radin tarafından Setta'ya gönderilme ihtimalim belirene kadar.

Setta'ya gitme ihtimali gerçekleşme aşamasına evrilirken, oradaki yaşam şartlarını araştırmaya başladım ve... Öğrendiklerimle karmakarışık oldu kafam.

Setta'da, yaşam şartları çok değişikti. Örneğin doğum yapmak serbest olduğu gibi, ölüm yaşına da sınır getirilmemişti, hayatı uzun olan yüz yaşının katlarına dahi çıkabiliyordu. Dünyamızda olduğu gibi çiftleşmek (eskiden *sevişmek* deniyormuş) için kura çekimini bekleme zorunluluğu yoktu. İnsanlar okuduğumuz romanlardaki gibi âşık olabiliyor, eşler birbirini seçebiliyor, istedikleri kadar çocuk yapabiliyorlar, hatta nüfusu arttırmak için çocuk yapmaya özendiriliyorlardı. Çocuk sayısıyla orantılı olarak, çok odalı evlerde yaşayabiliyorlardı. Bizde olduğu gibi bürokratik bir eziyet değildi çift olabilmek.

Sadece birkaç ay önce Hanor'la çift olabilmek için devletten izin almayı aramızda konuşmuş, sonra vazgeçmiştik çünkü Hanor o sırada çok önemli bir sonografik buluş üzerinde çalışıyordu; çift olabilmek için gereken sürüyle teste ve bir psikolog karşısında neden bir çift olmak istediğini uzun uzun anlatmaya ayıracak zamanı yoktu. Ertelemiştik hayalimizi.

Oysa Setta'da devletten izin almadan birlikte yaşayabilirdik. Cinsel ilişki veya doğum izni almak için gözümüzü korkutan birçok testten geçmemize gerek kalmadan çocuk sahibi olabilir, kendi gezegenimde kısıtlanmış doğurganlığımı keyfimizce sevişerek taçlandırabilir, orgazma odalarında ulaştığımız hazzı tek başımıza değil, birlikte tadabilirdik.

Hanor'a bunları bir müjde olarak sunmuştum.

Madem yaşam şartlarının buradakinden çok daha özgür, halkının da çok daha mutlu sayılabileceği bir gezegene gitme fırsatı çıkmıştı, Setta'ya birlikte gitmeliydik. Onun gibi değerli bir eleman her gezegende kolayca iş bulurdu.

Tüm bu ikna konuşmalarımın sonucunda büyük bir hayal kırıklığı bekliyordu beni: Hanor konuyu tartışmaya bile açmadı. İlkelerine asla ihanet etmeyeceğini, ataları gibi kendini Dünya gezegeninin kurtuluşuna adamış olduğunu, Dünya'dan ancak kısa süreli geziler için ayrılabileceğini söyledi. Onun yeri burasıymış! Sen git, görevini tamamla ve dön, diyordu bana.

Onu kandırabilmek için bir yol daha denedim.

"Ben zaten mecburum gitmeye," dedim, "Radin, *Müphem Alan*'la temaslarımda orada daha iyi sonuç alabilirim umuduyla gönderiyor beni. Görevimi elbette yapacağım ama aynı zamanda tadına seninle birlikte vardığımız edebiyatın yüreğimde filizlendirdiği hevesleri de değerlendirmek istiyorum, Hanor. Aşkı sere serpe yaşayabilmek güzel olmaz mıydı? Niye beni yarı yolda bırakıyorsun?"

"Çünkü bu yol benim yolum değil Mira. Benim yolum bulunduğum gezegende çizilmiş. Rotam belli."

"Anlıyorum ki birlikte okuduklarımız, öğrendiklerimiz sende aynı etkiyi yapmamış."

"Mira, biz üstün ırkın devamını sağlayacak kuşağız. Sıradan insanlar gibi duygularımızın, arzularımızın esiri olamayız, ülkümüzü kişisel emellerimize feda edemeyiz. Bence bir daha düşün."

"Tüm bu söylediklerini bize bambaşka bir gelecek vaat eden Setta'da yapamaz mıyız, Hanor? Üstün ırk orada da yetişebilir. Bence sen de bir daha düşün," diye üsletedim.

"Ama bizim gezegenimiz Dünya. Amacımız da kendi gezegenimizin insanlarını mutlu kılmak," dedi.

"Ben son kararımı Setta gezegenini gördükten sonra vermek istiyorum. Keşke beni yalnız bırakmasan, birlikte gitsek, birlikte karar versek."

"Mira, Dünya'nın kaderini değiştirecek bir buluşun peşindeyken bundan vazgeçmemi nasıl istersin? Gezegenime ihanet mi edeyim? Ben kendini bu gezegeni kurtarmaya adamış biriyim."

"Ben de öyleyim. Hepimiz öyle değil miyiz? Hangi gezegende olursak olalım çalışkan, fedakâr bir kuşağız biz."

"Çok akıllı, çok çalışkan olabilirsin fakat görüyorum ki sende Dünya'yı felakete sürükleyenlerin zaafları var. Yeterince fedakâr değilsin."

"Sen hep birbirimize çok benzediğimiz için iyi anlaştığımızı söylerdin, Hanor."

"Meğer benzemiyormuşuz, Mira. Seni suçlamıyorum, bu sadece bir tespit; sen insanca zaaflara kapılabiliyormuşsun."

"Beni zaafa kapılmakla suçluyorsun ama verdiğin bunca emeğin karşılığını alamazsan, eline geçen bu fırsatı değerlendirmediğine pişman olmayacak mısın?" diye sordum bu kez, "baksana, bunca çabaya karşın virüsle baş edemedik, bunamayı önleyemedik. İlerde bir gün, şu köhne dünyada boşuna çırpınıp durmuşum deme ihtimalini de bir düşün."

"Bizim gibi yüce görevlere soyunmuş olanlar öyle bir durumda ancak şöyle diyebilir Mira: Bizler başaramadık ama bizden sonraki kuşağın başarısına zemin hazırladık... Ne olur, sen benim gibi düşün."

"Düşüneyim," dedim. Bir süre sessiz kaldık, sonra "Bak ben senin gibi kapıyı çat diye kapatmadım Hanor, aralık bıraktım ki, en azından o güzel dostluğumuz bozulmasın," dedim.

Hanor yüzümü ezberlemek istermişçesine dikkatle baktı bana ve "Evet, hep dost kalalım," dedi.

"O zaman niye beni bir daha görmeyecekmiş gibi baktın bana?"

"Yarın erkenden yolcuyum ya... Kayıt altına alabildiğimiz sesler bizi bambaşka şehirlere yönlendirirse dönüşüm uzayabilir," diye cevap verdi.

"Yolun açık olsun Hanor," dedim, "dönüşünü bildir ve lütfen bir daha düşün." Söylenecek başka sözüm kalmamıştı. Seyir sahilinde yan yana oturduğumuz banktan kalktım, elimi kalbimin üstüne koydum, "Barışla Kal Hanor," dedim.

"Kendine iyi bak Mira ve ülküne ihanet etmeden önce sen de bir daha düşün. Hatta uzun uzun düşün. Sen de Barışla Kal."

Böyle ayrıldık Hanor'la.

Tanıştığım günden beri hayran olduğum adamın üzerinde hiç etkim yokmuş meğer. Setta'ya asla gelmeyeceğini anlamıştım tabii ama gideceği yere varır varmaz her zamanki gibi beni arayacağını sanmıştım... Aramadı. Ben de onu aramadım ama özledim. Dönüşünde, her gün Kurum'a birlikte yürümek için buluştuğumuz noktada beni bekleyeceğini sanıyordum ama... onu da yapmadı. Aramıza Setta girene kadar her konuda fikir birliği içinde olduğum Hanor, edebiyattan öğrendiğimiz o duygusal aşklara benim gibi öykünmemişti demek ki.

Olsun varsın, dedim; ben de bana bir küçük umut ışığı sunan gizli planımı tek başıma hayal eder, tek başıma gerçekleştiririm... Ama hiçbir şey beklediğim gibi gitmedi.

Bendeki gelişmeyi sakladığım, Şefime yalan söylemek zorunda kaldığım için utanıyor, yıpranıyordum madem, işte şimdi Setta'ya gidemeyeceğime göre, rahatlasaydım ya!

O da olmadı!

Kurulan hayallerin çöküntüsü altında kalmak da hiç kolay değilmiş meğer!

Kim bilir, belki de gizli saklı işlere yöneldiğim için evren cezalandırıyordur beni!

Umudumu asla yitirmemeli, bir an önce aklımı başıma toplayıp bana verilen görevi tamamlamalıydım. Toloy Radin verdiği her sözü tutardı, görevimi tamamlayınca beni mutlaka gönderirdi Setta'ya. Şefimin arkasından iş çevirmeden, tatil niyetiyle gittiğim zaman karar verirdim orada kalmaya veya dönmeye! Bana öylesi yakışırdı.

Ya Hanor! Neden ince bir sızı gibi duruyordu kalbimin bir köşesinde? Dediği gibi duygusallaşıyor, insanca zaaflara mı kapılıyordum gerçekten? Eski metinlerini okurken öğrendiğim o deyiş... neydi, neydi? Hatırladım: *Zorla güzellik olmaz...* Kim söylemişse doğru söylemiş. Ben de Hanor sayesinde öğrenmiştim zorla güzellik olmayacağını ve madem her şey olacağına varıyordu, olayları akışına bırakacaktım.

İçime çok uzun bir zamandan beri ilk kez huzur dolduğunu hissettim.

Sonra uyuyakalmışım!

Uyandığımda kendimi hafiflemiş hissediyordum. Toparlanıp girdiğim odadan çıkarken üç saatlik derin uyku sırasında hiç açmadığım ekranın yüklüce orgazm ücretini gocunmadan ödedim.

Yeni bir başlangıca hazırdım artık.

2.
MİRA

Dünya Gezegeni
Merkez Şehir Devleti
HUS. 121

Barışlar Olsun Samira Nene!

Eğer şu anda bulunduğum yeri görebiliyor, beni duyabiliyorsan, bana *nene* diye hitap eden bu kız da kim, diyorsundur. Mezarını süslemesi gereken özgürlük sembolü kuş kanatlarının neden mezarının başında değil, bir depoda, ellerimin arasında olduğunu da merak ediyorsundur eminim.

Sırasıyla yanıtlıyayım:

Ben senin yüzyıllar sonraki soyundan gelen torunun Mira'yım.

Seninle irtibat kurmak istememin nedeni, tıpkı biricik kızın Yuna gibi, kendimi insanlığın bekasına adamış bir biliminsanı olmam.

Dünya gezegenindeki hayatın sürdürülebilmesi için ölümcül bir virüsün panzehrinin peşindeyim. Görevim bu virüsün ilk formülünü bulmak. Senin gibi sanatçı değilim ama senin gibi cesurum, belki de bu yüzden bana yardımcı olacağına inancım büyük.

Sayamayacağım kadar ilerideki bir kuşaktan torunun olduğum için aslında sana büyük-büyük-büyük-büyük, bir sürü büyük nene demeliydim ama kestirmeden Samira Nene demeyi seçtim, dilerim seni incitmemişimdir. Seninle daha kolay temas kurabilmek için üzerinde enerjinin hâlâ titreştiği kanatları bu yüzden okşayıp duruyordum. Seni çağırıyordum. Beni kırmayıp geldiğin için teşekkür ederim Samira Nene.

Şimdi ikinci sorunun yanıtını vereyim:

Ellerinle yonttuğun kuş kanatları elbette mezarını süslemeliydi ama Dünya'da kıtlık başlayınca yüksek binaları tarlaya dönüştürmek çok zor ve masraflı olduğundan kolaya kaçılmış; önce yıkımı kolay mezarlıkları tarım alanları haline getirmişler. Bazı değerli mezar taşlarını da ileride bir gün, sanat tarihi araştırmalarına ışık tutarlar umuduyla Anıtlar Müzesi depolarına kaldırmışlar.

Sana ulaşmamı kolaylaştırsın diye bir zamanlar mezarını süslemiş olan kuş kanatlarının peşine düştüm ve onları eskiden adı Ramanis olan ülkenin Merkez Kantonu'ndaki Anıtlar Müzesi'nde buldum. İkimiz de şanslı sayılırız; sen, Metaverse'te bir depoda da olsa eserin hâlâ korunduğu, ben de mermere sindiğini varsaydığım enerjin seni bana kolayca ulaştırdığı için!

Duyuyorum seni Samira Nene; diyorsun ki, mezarlarımızdan ne istedi insanlar?

Anlatayım: Mezarlarınızdan mahsul elde etmek istediler çünkü kalan tarım arazileri artık mahsul veremiyordu. Kıtlık başlamıştı.

Kıtlığın nedenini soruyorsun.

Ah, işte bu sorunun tek değil, iç içe geçmiş bir yanıtı var: Savaşlar kıtlığı, kıtlık da savaşları tetikledikçe olan Dünya'ya oldu. Gezegenimiz şu anda can çekişiyor, Samira Nene. Sen de yaşadın burada; sömürgen düzen yüzünden savaşın yeryüzünden hiç eksik olmadığını elbette sen de bilirsin. Savaş yıkımdır. Ama savaşın yanı sıra, gelişen sanayinin kimyasal ve metal atıkları denizlerle nehirleri zehirlemeye, değişen hava şartları da akarsuları kurutmaya başlayınca, gelişmiş ülkeler çare olarak okyanusların zehirli sularını ancak defalarca arıttıktan sonra sulamada kullanmaya başlamışlar. En kıymetli meta su olmuş. İnsanlar o zaman mahsul vermeyen kıtlık bölgelerinden yollara düşüp iyi kötü su elde edebilen ülkelerin sınırlarını zorlamışlar.

Biliyorsundur elbette, Dünya kurulduğundan bu yana din, ırk, servet ve güç yüzünden zaten sürekli savaşıp durmuş insanoğlu. Ama bu kez güçlüler ve zenginler daha da güçlü ve zengin olmak için değil, yoksullar dahil tüm insanlar, sadece açlıktan ölmemek için savaşı göze almışlar. Suya ulaşmak ve hayatta kalmak için can havliyle zorlamışlar sınırları.

Savaşların en korkuncu, inan bana, bu *Su Savaşları* olmuş! Değil komşu devletler bir diğerini, aileler bile en yakınlarını gözden çıkarabilir hale gelmiş çünkü su yoksa hayat da yokmuş! Dünyamızın üç kıtasına yayılan bu büyük su savaşı beş yıldan uzun sürüp susuzluk iklim değişikliğini de tetikleyince, gezegenimizin her bir köşesinde çoraklık başlamış.

Gelişmiş ülkeler arıttıkları okyanus sularını göçleri önlemek için borularla susuz bölgelere sevk etmek zorunda kalmışlar. Su sorunu iyi kötü bu şekilde halledilince sıra, ekilecek toprak bulmaya gelmiş. İşe mezarlıklar o zaman devreye girmiş, Samira Nene.

Uzunca bir süredir mezarlar dünyanın her yerinde tırpanlanıp havalandırılıyor, gübreleniyor ve küçük bir umutla ekinin filiz vermesi bekleniyor. Yıkım sırası yakında üç kattan yüksek olmayan binalara da gelebilir ama son savaşın bombardımanından paçayı kurtulabilmiş gökdelenlere dokunulmayacak; temelleri çok derine indiğinden, gökdelenlerin altındaki toprak küstüğü için mahsul vermiyormuş. Laf aramızda, anneannem bu duruma, börtü böceğin ve solucanların insan soyundan intikamı, derdi. Her neyse, Şehir Konseyleri onları kendi çağlarının mimari örnekleri olarak yerlerinde bırakma kararı aldı çünkü Dünya'yı yönetenlerin şu sırada binalarla uğraşacak hali yok; yeryüzündeki her insanın gıda hapına ve sentetik suya erişebilmesi için, sadece iki konuya odaklanmış durumdalar. Birincisi doğum kontrolü, diğeri de bir türlü üstesinden gelinemeyen ölümcül virus!

Bunamayla da mücadele ediyoruz ama sözünü ettiğim diğer iki derdin yanında o hafif kalıyor. Ha, bir de Dünyalıların Nutregon gazı bombasını kullandıkları son savaş var ki, bence o konuya hiç girmeyelim... o savaşı anmak, konuşmak ve ona gönderme yapmaktan pek hoşlanmaz benim kuşağım.

Bizim tarafta durum işte böyle, Samira Nene, pek iç açıcı değil!

Sizin tarafta işlerin nasıl yürüdüğü bizim açımızdan henüz açıklığa kavuşamadığından, sizin orayı *Müphem Alan* diye adlandırdık. Ben yüksek lisansımı işte bu *Müphem Alan* üzerine yaptım.

Sizin tarafla irtibat sağlamak için yıllardır çalışıyorum ve inan bana, epeyce yol aldım ama sana ulaşmamı kendi çabalarımdan çok, Sono Deşifre Merkezi'nde çalışan ses mühendislerinin geçmişin ses dalgalarını kayıt altına almalarına borçluyum.

Geçmişin sesleri tesadüfen bulundu.

Beş yıl kadar önce, Çan Adası'ndaki bir stüdyoda ses kaydı yapılırken odada bulunmayan kişilerin de sesleri duyulunca, teknisyenler önce çok şaşırmış, sonra titizlikle araştırmaya başlamışlar. Sonuçta ses dalgalarının asla kaybolmadığı anlaşılmış. Çanlıların tesadüfen buldukları bu durum, yani sesin evrende asla kaybolmadığı kesinlik kazanınca, birçok sırrı çözebilecek bu keşfi daha da geliştirmek için ülkeler büyük fonlar ayırdı, biliminsanları çalıştılar çabaladılar ve birkaç yıl içinde kapalı mekânlardaki sesleri çözümlemeye yarayan çok hassas bir alet icat edildi.

Bunun üzerine pek çok biliminsanı Dünya'nın önemli kentlerinde, hastane ve üniversite laboratuvarlardaki seslerin peşine düşerek insan sağlığını tehdit eden ölümcül virüsün kaynağını araştırmaya başladı. Araştırmalar sonucunda bilime katkı sunacak pek çok bilgiye ulaşılırken, ölümcül virüse dair ses kayıtları da bulunmuş. Anlaşılan virüs, bir düşman ülkeyi gerekirse yok etmek üzere Çan Adası'nda tasarlanmış ama beklenmedik bir kaza sonucu kontrolden çıkıp yayılmış. Pek çok kişiyi öldürmüş, pek çok kişiyi de adadan kaçırmış. Ada o gün bu gündür lanetlenmiş halde; orada bir sineğin dahi uçtuğunu sanmıyorum. O adada artık hayat yok ama virüs dünyanın dört bir yanında can yakmaya devam ediyor.

Samira Nene? Gittin mi? Seni hissedemiyorum... Ha, anladım, sıkıldın...

Dur, gitme, hemen sadede geliyorum... Geçmiş zaman seslerini çözen aleti icat eden mucitler değişik kıtalardaki hastane ve laboratuvar kayıtlarını titizlikle tararlarken, genç bir kadın sesinin virüsün formülünü bir yere kaydettiğini duymuşlar. Bu kez o sesi o mekâna yakın olan hastanelerde, laboratuvarlarda aramaya başlamışlar ve kime ait olduğunu tespit etmişler.

Ses, iki bin yüzlü yıllarda Ramanis Cumhuriyeti Merkez Kantonu'nda çalışan biliminsanı Yuna Otis'e aitmiş. Virüsün formülünü öğrencilerinden veya meslektaşlarından birine bırakma olasılığı yüzünden yine çok titiz bir araştırma yapılmış ama sonuç alınamamış.

Buraya kadar anlattıklarım seni sıkmış olabilir.

Ama sonrasında seni bile heyecanlandıracak bir gelişme var, Samira Nene:

Ekip pes etmeden Yuna'nın sesinin izini sürmekteyken bir mucize meydana geldi. Bir sabah, Yuna Otis'i dinleyen ekipten bir arkadaşıma bir şey söylemek için onun çalıştığı laboratuvara girmiştim. Kulağına eğildim, söyleyeceğimi söyledim –ki, iş çıkışı buluşacağımız yere gidemeyeceğimi, beni beklememesini haber vermek gibi çok sıradan bir cümleydi– o kısacık anda benim sesim de kayda geçmiş.

Tesadüflere inanır mısın?

Ben o günden sonra inanır oldum, çünkü o sırada dinlemekte oldukları Yuna ile ses rengimiz eşleşmiş ve bu, aynı soydan geldiğimizin kesin kanıtıymış!

Bana bunu, ancak akrabalığımızın başka kanıtlarla da kesinleşmesinden sonra haber verdiler. Yine de inanmakta zorlandım. Yuna Otis, iki bin yüzlü yıllarda yaşamış, nereden baksan yüzyıllar vardı aramızda.

Bir hafta sonra bana yeni görevimi söylediklerinde büsbütün şaşırdım. Benim dalım biyoloji, mikropoloji, farmakoloji filan değildi ki! İnan bana, çok direttim bu görevi üstlenmemek için. Ama sonuçta Yuna'nın soyundan indiğimden onunla en iyi şekilde irtibata geçeceğime ikna oldum çünkü deneylerle kesinleştiği gibi, en başarılı temasları atalarımızın ruhlarıyla gerçekleştiriyoruz.

Ailemde ne çok biliminsanı varmış, Samira Nene!

Senin biricik kızın Yuna mesela, çok önemli bir kâşifmiş. Ayrıca başka değerli kâşifler, hekimler, öğretmenler, devlet adamları... kimler de kimler! İnan, çok gurur duydum soyumla.

Beni bu göreve atayan şefim Radin, Yuna ile irtibat kurmamda özellikle ısrarcı oldu çünkü sürekli şekil değiştirdiği için bir türlü üstesinden gelemediğimiz ölümcül virüsü yok edecek formüle onun sayesinde ulaşacağımıza inanıyordu.

Bence bunca yıl önce yaşamış birinden yardım istemek iyi bir fikir değildi, asla huzurunuzu kaçırmak istemezdim ama şeflerimizin isteklerini yerine getirmeye mecburuz. Yoksa kaldığımız koğuşu boşaltmak zorunda kalabilir, besin haplarımıza dahi ulaşamayabiliriz. Çaresiz, Yuna Otis ile ilişki kurdum. Sana onun sayesinde ulaştım. Seninle güçlü bir bağ kurmam için ellerinle yonttuğun kuş kanatlarını bulmamı söyledi ve işte şimdi karşındayım... Daha doğrusu karşında olduğumu seziyorum, sezmekten de öte, tüm hücrelerimle hissediyor, tüm kalbimle biliyorum.

Sen, gerçekten çok değerli bir ressam ve yontu sanatçısıymışsın. 2200'lerin başında robotlarla yapılan bir çatışmada, pek çok canı kurtarmak uğruna kendi canını feda ederek veda etmişsin hayata. Sen canından olmuşsun ama din adamlarının, yani Ramaların emrindeki robot ordusunun ayarını bozarak Özgür Cumhuriyetçilerin içsavaştan zaferle çıkmasını sağlamışsın. Senin sayende Ramanis'e ışık, özgürlük ve huzur gelmiş.

Ramanisliler de sana minnetlerini ifade için hem mezarına hem de başkentin en önemli meydanına senin tasarımın olan özgürlük simgesi kanatları dikmişler. Anıtlar Deposu'nda bulduğum o kanatların olmaları gereken yerde durmadıklarına hiç hayıflanma Samira Nene; içinde yaşadığımız şu zaman diliminde itibar sembollerinin dahi bir değeri kalmadı; artık sadece hayatta kalabilmenin önemi var!

Kızın Yuna ile sohbetimiz sırasında öğrendim ki, aradığım formülü bulan o değilmiş. Yanlışlık, yine biz akrabaların ses benzerliğinden kaynaklanmış olmalı. Ama Yuna, hem huyum hem de fiziksel özelliklerimden dolayı nedense beni kendinden çok sana benzetti. Birbirimizi çok iyi anlayacağımız için, senin beni daha iyi yönlendireceğine inanıyor. Sen, Yuna gibi formüllerle, rakamlarla uğraşan bir bilim kadını değil, sanatçı ruhu taşıyan, ilhamı geniş, cesareti sonsuz, duyguları keskin biriymişsin.

Yuna'nın ta öte taraftan yaptığı bu nokta vuruşu tespitine şaşırmadım diyemem çünkü ben de yüksek eğitimimi formüllerle boğuşarak değil, sezgilerime, ilhamlarıma güvenerek ezoterik alanda çalışarak geçirmeyi tercih etmiştim. Burada tam isabet var... Ama Yuna fiziki benzerliğimizi nasıl tespit etti, işte onu çözemedim! Çünkü araştırmalardan biliyorum ki, sizin başınızda saçlarınız, parmak uçlarınızda tırnaklarınız varmış. Bizim yok! Yüksek lisans tezimi hazırlarken, eski insan fizyonomilerini inceleyen bir hocanın konferanslarına katılmış, o zaman öğrenmiştim özellikle kadınlar için saç denen kılların önemini. Saçlarını zamanın modasına uygun değişik renklere boyamak ve biçimlendirmek için saatler harcarmış kadınlar. Saçı dökülen erkekler de nice eziyete katlanıp kıl ektirirlermiş kafalarına. Tırnaklar ise uzadıkça kesilir, değişik renklere boyanırmış. Elde ve ayakta tam yirmi adet tırnak... işin yoksa uğraş dur! İyi ki bizim tırnaklarımız yok! Eğer olsaydı bin bir iş gören parmak uçlarımızı nasıl kullanabilirdik acaba?

Ha, bir de dişleriniz varmış... röntgen kalıntılarından ve fotoğraflardan insanların eskiden ağızlarında dişleri olduğunu biliyordum ama yeni çözülen sesleri, özellikle de hastanelerdeki kayıtlarını dinleyince öğrendim sizin zamanınızda dişçilik diye bir tıp dalı olduğunu. Neler çekmiş bizden önceki zavallı insanlar. Her birinin ağzının içinde beş değil, on değil, tam otuz iki adet diş! Sabah akşam fırçalarla temizlenecekler... üstelik her biri ayrı ayrı ağrıyabiliyor, çürüyebiliyor, yerinden çıkartılabiliyormuş... dolayısıyla bir de dişçilik diye de bir meslek! İnsanlar doktora gider gibi dişçilere gidermiş. Henüz bizim gibi çok marifetli parmak uçlarınız da olmadığı için, kocaman kafaları nasıl sokacaksın ufacık ağızların içine de hangi diş ağrıyor bulacaksın! Gerçekten çok zormuş işiniz! Geçmişin bu kayıtlarını çözen grup, ekran görüntülerimizdeki ağızlarımıza sanal dişler koyarak güldürüp eğlendirmişti bizi... Bizler bu bakımdan şanslı sayılırız; saçtı, dişti, tırnaktı, her neyse onlar, onlardan kurtulmak veya şekil vermek için zaman ve servet harcamıyoruz. *Servet* bizim için zaten aslında bir sözcükten ibaret!

Servetin keyfini de sizler sürmüşsünüz kendi zamanınızda. Para denen kâğıtları ve kredi kartı denen nesneleri kullanmışsınız. Hatta Nutregon gazının kullanıldığı o feci savaştan önce, dünya servetini, sayısı birkaç yüzü geçmeyen uluslararası şirket aralarında paylaşırken, dünya nüfusunun yarısından çoğu yoksulluktan sürünmekte, her altı dakikada bir açlık veya hastalıktan bir çocuk ölmekteymiş. Bu şirketleri ve bazı zengin ülkeleri yönetenler öylesine vicdansızlarmış ki, daha çok paraya erişmek için savaştan savaşa sürüklüyorlarmış halkları.

Neyse ki o korkunç savaş gezegenimizin son savaşı olmuş.

İnsanlar akıllanmış; doğayı talan ederek yeraltı kaynaklarını değil, rüzgâr, güneş, dalga enerjisi gibi ucuz ve tükenmeyen kaynakları kullanmaya başlamışlar. Sadece benim kuşağım değil, büyükanne ve büyükbabalarımızın kuşağı da para, kredi kartı gibi şeyleri görmemiş, bilmemişler. Ödemeler dahil pek çok işimizi parmak uçlarımızla dokunarak hallediyoruz. Zengin sınıfı temsil edenler sadece yöneticiler ve aileleri ama onların bile -karaborsadan temin ettikleri keyif vericiler hariç- paralarını harcayacak yerleri yok! Zenginlerin dışında kalanlar ise belli bir standartla yaşayan bizleriz.

Zaten artık sizin zamanınızdaki servetler olmadığı gibi yoksulluk da yok dünyamızda. Doğum kontrolü nedeniyle açlık da kalmadı. Her şehir kaç çocuğun dünyaya gelmesi gerektiğini, önündeki üç yılın göstergelerine göre saptıyor.

Kimileri şikâyetçi doğum kontrolünden ama Dünyamızın bir zamanlar içine düştüğü sefaleti düşününce, bence böylesi daha iyi... en azından herkesin başının üzerinde bir dam ve cebinde besi hapları var. Açlıktan ölmüyor, sokaklarda yatmıyoruz. Sizin zamanınızda olduğu gibi giyinmek için hayvanların yünlerinden, derilerinden faydalanamıyoruz fakat paçavralara da bürünmüyoruz. Yazlık ve kışlık olarak ikiye ayrılan giysilerimiz sentetik iki tip giysiden ibaret; üstümüze başımızdan geçirdiğimiz gömlekleri, altına da diz altında biten etek ya da pantolon giyiyoruz. Etek ya da pantolon seçimi bize ait. Kendimizi duygusal olarak hangisiyle daha uyumlu ve rahat hissediyorsak onu seçiyoruz ve giysilerimizi eskiyene kadar kullanıyoruz. Giyilmez hale geldiğinde devlet yenisini veriyor.

Samira Nene, biz, kişisel hırslarımız olmadığı ve savaşla hiç tanışmadığımız için çok şanslıyız fakat sizlerinki gibi hayatlar süremediğimizden, bence boynu bükük bir kuşağız. Gönlümüzce yaşamak, âşık olmak, evlenmek, sevişmek, dünyaya istediğimiz kadar çocuk getirmek bir yana, ömrümüzün doğal süreci bile yöneticilerin iradesine bağlı.

Yüz yıl öncesine dek bilimsel gelişmelerin sayesinde insanlar torun çocuklarının büyüdüğünü görebilecek kadar yaşayabiliyordu, insan hayatı ancak yüz yaşını tamamladığında sonlandırılıyordu. Daha sonra bu süreç doksana, yirmi yıl önce ise seksen beşe indirildi. Bu yıl sonu itibarıyla insan ömrünü yetmiş beşte sonlandırabilmek için Büyük Konsey yoğun ikna kampanyaları başlattı.

Uzun yaşamak ancak robot nüfusa nasip oluyor da diyemiyorum, onların ömrünü uzatmak için de bakımlarını düzenli yapmak gerekiyor ki, bakım ürünlerinin kaynağı yine doğanın verebildiğinde saklı. Metal robotlar yaşlanınca paslanıyorlar, gacır gucur sesler geliyor eklemlerinden. Eski plastik robotlar daha uzun ömürlü oluyormuş ama plastik doğayı kirlettiği için kullanımı yasak. Yaşlanmak canlılar için ne kadar zorsa eskimek de cansızlar için zor. Bu yüzden yöneticiler sert tedbirler almakta pek de haksız sayılmazlar; besinden başlayarak, giysilere, aletlere kadar her nesnenin ana maddesi illa doğanın bize sunduklarından elde edildiğinden, yapay gıdaya ve suya ulaşmak bile giderek sorun olmakta.

Bu saydıklarım yetmezmiş gibi, yaklaşık beş yıldan beri başımız sürekli şekil değiştiren Tayro virüsü ile belada. Çocukların ve yaşlıların hayatını tehdit eden bu virüsü yok edecek her yol denendi, sonuç alınamadı. Tek çare virüsün orijinal formülünü bularak aşısını üretmek. Tüm umutlar şimdilik bu çareye bağlanmış durumda. Neden dersen, on yıl kadar önce, soktuğu insanların sinir sistemini etkileyerek felce neden olan Reco Sineği ilk kez bir sahil kasabasında ortaya çıktığında müthiş bir panik yaşanmış, insanlar sahillerden uzaklara, özellikle dağlık alanlara kaçışmışlar, kıyı bölgelerinden kara bölgelerine doğru yoğun bir göç başlamıştı. Sinek sınır mı tanır, her yere uçar da... paniğe kapılan insanoğlu mantığını kolaylıkla yitirebiliyor. Neyse ki, bulaşın dördüncü yılının sonuna doğru, bir bilim kadını virüsün orijinal formülüne ulaşarak aşısını üretmeyi başarmış ve Reco'nun sonunu getirmişti.

Ben o aşıyı üreten hekim gibi bir biliminsanı değilim. Benim görevim bir hafiye gibi çalışarak Tayro virüsünün ilk formülüne ulaşmak ve onu biliminsanlarına iletmek. Tecrübeyle biliyoruz ki, değişim geçirebilen virüslerin orijinal formülleri elimizde olmadıkça sağlıklı aşılar üretemiyoruz. İşim hiç kolay değil çünkü acelemiz var! Başta çocuklar olmak üzere kronik hastalığı olan her yaştan insanın hayatı tehdit altında. Ayrıca bu durum insanların toplu protestolarına neden oldukça rejim de haliyle giderek sertleşiyor. Şehirlerde meydanlar ve hastanelerin önleri polislerle, hafiyelerle, robot askerlerle dolu. Robot jandarmalar ise şehir sınırlarında kuş uçurtmuyor. Baskı altında biliminsanlarının, protestolar karşısında da yöneticilerin işi gerçekten her geçen gün daha zorlaşıyor.

Gezegenimizde hayat bu anlattığım nedenlerle çekilmez hale geldiğinden Samira Nene, dünyanın en zenginleri on yıl önce, orta sınıf da tüm olanaklarını seferber ederek son zamanlarda başka gezegenlere göçmeye başladı. Dermansız hastalıklarına çareyi bir başka gezegende bulacaklarını umanlar ile macera peşindekiler de gitti. Uzay araçlarına binmek için çeşitli rüşvet yollarını deneyenlerden ve tehditlerde bulunanlardan da gidenler olmuş diye duyduk. Bu tür insanlar ahlâk seviyesini düşürdükleri için yönetim mâni olmadı gitmelerine.

Biz biliminsanları, yani mühendisler, hekimler, jeologlar, kimyagerler, fizikçiler ve benim gibi *Müphem Alan* uzmanları, gezegenimizi kurtarmak için elimizden geleni yapmak üzere Dünya'da kaldık. Bizler zor şartlarda yaşamaktan gocunmayız, gezegenimizi kurtarmayı kutsal görevimiz sayarız ama Setta gezegeninde biliminsanlarına ihtiyaç duyulunca, artık bizleri de nakletmeye başladılar uzaya. Laf aramızda, ben de bu günlerde bir araştırma için Setta'ya gitmeye hazırlanırken, Yuna Otis ile temasa geçmek üzere görevlendirildim ve bu sayede seninle tanışmış oldum, Samira Nene. Şu anda, işte bu anlattığım şartlarda yaşadığımız Dünya gezegeninden sesleniyorum sana.

O ölümcül virüse çare arayışı için irtibat kurdum seninle. Sesini kulağımla duymadım ama sezgilerim senin beni duyduğunu, sorularımı yanıtlayacağını söylüyor.

Kanatları okşayan ellerim sıcacık oldu, bu da benimle temasta olduğunun bir işareti. Dilerim öyledir. Keşke beni kollasan, koruyucu meleğim olsan, yolumu aydınlatsan çünkü ben de tıpkı kızın Yuna ile senin gibi, doğaya ve insanlara yararlı olmak istiyorum.

İşim hiç kolay değil, inan ki yardımına çok ihtiyacım var!

Eğer bana yardım etmek istemezsen, lütfen bileyim. O zaman seni daha fazla rahatsız etmem, başka çareler düşünürüm. Ama neye karar verirsen ver, bil ki senin soyundan geldiğim için çok gururlu ve mutluyum. Senin gibi özel bir atamın varlığından haberdar oldum ya, bana yardım etmesen bile bundan böyle seni hep saygıyla anacağım.

Aaa, kanatlar! Kanatlar sanki hareket ediyor ellerimin arasında... avuçlarım karıncalanıyor. Bana bir şey mi söylemeye çalışıyorsun yoksa?

Evet... kesin bir şey söylüyorsun!

Birini bulmamı mı?

Kimi bulayım?

Kim o?

O da bir başka kadın... mı?

Aynı soydan ama çok daha geriye mi gitmeliyim? Kaç yıl geriye Samira Nene? İki binlerin başı mı? En azından adını söyle ki araştırıp bulayım.

Haydi deneyelim... Harfler tek tek gözümün önüne gelsin...

Sımsıkı yumdum gözlerimi.

A mı? Hayır *A* değil... sesli bir harf olmalı, öyle mi? *E* mi? Tamam, *E*! Şimdi de yılan gibi bir şekil belirdi gözümün önünde, kıvrılarak kayıp gitti... *S* harfi olmasın? *ES!* Evet anladım, ilk iki harfi *E* ve *S* olan tüm isimleri tarayacağım. İsim kaç harfli? Beş? Dört? Dört! Sert bir harf dedin sanki... o harf benim adımda var mı? *M* harfi mi? Kapkaranlık oldu, tamam, *M* değil. O halde *R*. Kesin *R!* Ramanis Cumhuriyeti'nden önce bu topraklarda yaşamış, adında *E*, *S* ve *R* olan tüm bilim kadınlarının adlarını araştırtacağım.

Heyy... nereye gidiyorsun! Ama Samira Nene, ismi tamamlamadık ki!

Anladım, yoruldun... Oysa ne güzel konuşuyorduk şurada.

Birden üşüyüverdim, avuçlarımın arasında sımsıkı tuttuğum kanatlar da soğudu, buz gibi oldu. Gittin sen!

Gittin ama bil ki ben yine geleceğim sana. O ismi bulmuş olarak tam burada, aynı noktada duracağım. Yalvarırım sen de gel ve yine yönlendir beni.

3.
MİRA

Merkez Şehir Devleti
Dünya Gezegeni
HUS. 121

Barışlar Olsun değerli Şefim,

Toplantılarınız sırasında sizi rahatsız etmemek için akşam saatlerini beklemek istemiştim ama bu yüzden sanırım geç kaldım. *Müphem Alan*'la iletişim, bizim yaşadığımız coğrafyanın sessizleştiği gece saatlerinde daha başarılı olduğundan, çalışma zamanım gecenin geç saatlerine kaydı. Raporumu size, yarın sabaha yetiştirmek üzere, bu sesli mesajla iletiyorum. Bana verdiğiniz görevde kaydettiğim aşamaları her seferinde bilginize sunacağım.

Sesinin renginden atalarımdan biri olduğunu saptadığınız bilim kadını Yuna Otis ile temas kurmayı başardım ama onu ne için aradığımı öğrenince beni hemen annesi Samira'ya yönlendirdi.

Annesinin mezarındaki kuş kanatlarını bulursam onunla daha güçlü bir irtibat kuracağım bilgisini de verdi.

Sizi bilgilendirmekte, Samira'nın enerjisini hissedebileceğim bu kuş kanatlarını bulmaya ayırdığım zaman yüzünden geciktim. Samira, söz konusu kuş kanatlarını hayattayken bizzat tasarlamış ve yontmuş. Öldüğünde, onun özgür ruhunu temsil eden bu kanatları mezarının başına dikmişler. Sonraki yüzyılda, dünyanın her yerinde mezarlıklar ekim alanlarına dönüştürülmekte olduğundan, sanat tarihçileri ilginç buldukları mezar süslerini geleceğin sanatına ışık tutarlar umuduyla, depolara kaldırmayı akıl etmişler. Kanatların kaldırıldığı depoyu bulduğum ve Samira ile güçlü bir bağ kurabildiğim için şanslıydım ama o da beni, zamanın çok daha gerisinde, ta iki binli yılların ilk yarısında yaşamış bir akrabasına yönlendirmez mi!

Esra adındaki bu kadın özverili bir hekimmiş. Öte tarafa geçenlerin kendi soylarından gelenlerle çok daha rahat iletişim kurdukları artık kesinleşmiş bir bilgi ya; bu, onunla da işime yarar diye umuyordum ama Samira'nın dediğine göre, Esra çok değişik bir yapıdaymış. Aynı soydan gelmelere, akrabalık bağlarına filan fazla önem vermezmiş. Bu bilgi biraz korkuttu beni, Esra hakkında daha fazla bilgi edinmek istedim. Fakat itiraf edeyim ki bunca yıl geriye dönük bir çalışma yapmak pek kolay olmadı Şefim, hem buluttan hem de hafıza çubuklarından zaman içinde pek çok belge silinmişti. Yapay zekâdan mümkün olduğunca uzak durmamızı, illa yardım isteyeceksek çok dikkatli olmamızı önerdiğiniz için, *Müphem Alan*'da daha önce dostluk kurduğum birkaç ruhu da araya sokmak zorunda kaldım, işim uzadı.

Size bilgi vermekte gecikmemin bir başka nedeni de işte bu araştırma oldu.

İyi ki araştırmışım, Esra hakkında öğrendiklerimden, onunla çok iyi anlaşacağıma eminim artık! Esra'nın kendi gibi bir hekim olan büyükbabası, anavatanında başlayan katliamlar ve savaş yüzünden ailesiyle birlikte ülkesinden kaçmak zorunda kalmış. Yerleştiği yeni ülkeyi vatanı bellemiş ve ömrünü o ülkenin gençlerine hekimliğin inceliklerini öğreterek geçirmiş. Esra da büyükbabasına duyduğu sevgi ve saygıdan dolayı aynı mesleği seçmiş ve doktor adaylarının diploma törenlerinde ettikleri o kadim Hipokrat yeminine noktasına kadar sadık kalmış. Gençliğini yaşıtları gibi geze eğlene geçireceğine, hayatını hiç gocunmadan kıtlık bölgelerinde açlıktan ölme noktasındaki çocukların sağlık sorunlarına adamış.

Ömrünü zavallı ve yoksul çocuklara yaşanabilir ortam yaratmak için geçirmiş biriyle sorun yaşayacağımı hiç sanmıyorum. İnsanlığı ölümcül hastalıktan kurtaracak formülün peşinde olduğum için eminim bana yardım etmek için elinden geleni yapacaktır. Yine de içimden bir ses işimin çok zor olacağını söylüyor çünkü daha önce zamanın içinde bu kadar geriye giden bir çalışma yapmamıştım. Hevesli ve heyecanlı olmama rağmen başarısız olmaktan da çok korkuyorum.

Her yeni gelişmede sizi bilgilendirmeye devam edeceğim. Bana şans dileyin Şefim.

Bir dahaki sefere sizinle görüntülü konuşabilmek umuduyla, saygılarımı sunuyorum.

Barışla Kalın,

Mira

Kökü bende bir sarmaşık
olmuş dünya sezmekteyim.
Mavi masmavi bir ışık
*ortasında yüzmekteyim.**

Ahmet Hamdi Tanpınar

---

* *Bütün Şiirleri*, Dergâh Yayınları, 2017.

4.
ESRANA
Müphem Alan

∞

Bir süredir Dünya gezegeninden biri bana ulaşmaya çalışıyor.

Çok uzaklardan, değişik dönemlerden geçerek, engelleri aşarak geliyor... yakınlaşıyor. Yakınlaştıkça daha iyi duyuyorum... Genç bir kız bu... tuhaf şeyler söylüyor bana! Kulak kesildim, yoğunlaştım. Soyumdan iniyormuş! Büyükannelerinden biriymişim!

Birileri kandırmış onu, benim soyum benden sonra yürümedi ki büyükannesi olayım. Benim bebeğim bir yaşını dolduramadan öldü. Böylece benim soyum, bende bitti!

Ama kızın sesini bu kadar yakınımda duyabildiğime göre, bana kolay ulaşımı aramızdaki bağa işaret ediyor olmalı; Dünyalıların bizlere ulaşımda kolaylık sağlayan bir vizesi varsa eğer, bu ancak akrabalıktır.

O halde!... Mümkün olabilir mi aklıma düşen?

Yoksa öldüğünü zannettiğim bebeğim yaşadı da benim mi haberim olmadı? Ruhlar duygulanmaz zannederler... oysa şu anda bedenli olabileydim, kalbimin sesini kesin duyardım; karnımda kelebekler uçuyor, kulaklarım çınlıyor, beynim karıncalanıyor, ruhum kanatlanıyor gibi bir sürü şey sayabilirdim...

Tüm bunların ruhlar âleminde mümkün olmayacağını bile bile, yüzyılları kulaçlayarak, iteleyerek, savurarak, yılların üzerinden atlayarak çocuğumu kaybettiğim o dehşet gününe dönsem; depremin yerle bir ettiği baraka hastanedeki her bir taşın, kalasın, çerçöpün altına baksam, bebeğimi bulsam, onu bağrıma bassam, sonra da onu görünen ve görünmeyen sımsıkı bağlarla bağlasam bedenime, ondan bir an bile ayrılmasam, benimle kalsa, benimle birlikte büyüse, hayata karşı benimle birlikte savaşsa, beni onu sevdiğim kadar çok sevse, babası gibi iyi, güzel bir adam olsa, babası beni nasıl kollayıp koruduysa, sevgisiyle sarmaladıysa o da sırası geldiğinde beni kollayıp korusa...

Ama böyle olmadı, olamadı!

Beni iki kez ölümün eşiğinden çekip alan adama hayatımda yer veremedim ki onun çocuğundan sevgi istemeye hakkım olsun. Geç kalan pişmanlığın faydası yoktur ama şu anda bir an için olsun bedene bürünebilseydim dizlerimin üzerinde özür dilerdim hem yavrumdan hem babasından... Beni bağışlarlar mıydı bilemem çünkü suçum çok büyük. Babasından oğlunun varlığını sakladığım, oğlumu da o kısacık ömründe babasının sevgisinden mahrum ettiğim için çok ama çok suçluyum.

Ben minik oğlumu deprem sonrasında hiç görmedim. Sanırım yıkıntıların arasından ne halde çıktıysa, bana hiç göstermemeyi yeğlediler. Ben de onu depremden on dakika önceki son sevimli haliyle hatırlamak için görmekte ısrarcı olmadım. Kendimde değildim zaten, kolum, bacağım kırıktı... yara bere içindeydim, her tarafım ağrıyor, sızlıyordu. Yüreğime taş basıp toparlanmaya çalıştım. Acımı başka çocukların hayatını kurtararak hafifletmeyi denedim. Hastane koğuşları anası babası kayıp bir sürü yaralı ve kimsesiz çocukla dolmuştu, depremden önce de var olan yetimhanedeki öksüzler de cabasıydı.

Sızlanacak zaman yoktu. Düşünmemek için deli gibi çalıştım. Akşam yatağıma girdiğimde kendime acıyacak zamanım kalmasın diye öylesine yorgun yatardım ki yatağa, hemen derin uykulara dalardım. İlk ışıkla gözümü açar açmaz hemen işbaşı yapardım. Acımı kalbime gömmenin en iyi yoluydu kendimi işime adamak!

Benim adım Esrana.

Esra Ana'nın kısaltılmışı olan bu adı bana, hayatımı sağlıklarına vakfettiğim çocuklar taktı.

Dünyanın en yoksul bölgesinde sadece mikroplar, virüsler, hastalıklarla değil, cehalet ve önyargılarla da mücadele ederken yüzlerce çocuğum oldu benim. Bu çocuklar bin bir mikrobun virüsün yanı sıra, açlık, ilgisizlik, sevgisizlik hatta şiddet yüzünden de hastalanıp ölüyorlardı. Ben onlara önce sevgi ve şefkat verdim, sonra da dertlerine çare aradım. Temiz suya, doğru besine ve onları ölümcül hastalıklardan koruyacak aşıya ulaşmalarını sağladım.

Korumam altındaki bu çocuklar anadilimde anne kelimesinin karşılığını sormuşlardı. Söylemiştim. Kıymet bilen yavruların meğer bana bir armağanı varmış!

Otuz yaşıma bastığım gece, onların sayesinde adım *Esrana*'ya değişti! O korkunç depremde bir yıl bile analık edemeden çok erken kaybettiğim tek çocuğumun yokluğunu telafi etmek için mi, yoksa yüreğimdeki evlat sevgimi bölerek onlara paylaştırayım diye mi armağan ettiler bu ismi bana, bilemiyorum.

Dünyaya gelirken ülkemizi, ailemizi, adımızı seçme şansımız yok!

Her birimiz kaderlerimize ve bize verilen isimlere razı doğuyoruz. Kaderimizi, coğrafyamızı değiştirebilme fırsatımız olabiliyor da çoğu zaman bize verilmiş isimle tamamlıyoruz ömrümüzü. Ben annemle babamın bana taktıkları isimden hoşnuttum fakat ölümün kıyısından çekip aldığım, sevgiyle sarmaladığım ve yaşama tutunmalarına yardımcı olduğum o çok yalnız ve çok güzel çocukların benim için seçtiği adı daha da çok sevdim.

O günden sonra çileli yeni ülkemde bu adı duyanların yüzlerine bir gülümseme yayılır oldu; bana olan saygı ve sevgilerini ifade etmek için ellerini hemen kalplerinin üzerine koyarlardı.

Dünyadaki ömrümü sonlandırıp bu tarafa geçtikten kısa süre sonra, üzerinde *ESRANAMIZ* yazılı bir de heykelimi dikmişler çalıştığım hastanenin bahçesine.

Kısacası ömrümü boşa harcamadım ben, karnımda taşıyarak doğurduğum çocuğumu kaybetmiştim ama yüzlerce çocuğu kalbimde taşıyarak, onları çok severek *ana* sözcüğünün içini doldurdum.

Doğduğum ülkede sanki beni tarif etmek için söylenmiş bir atasözü vardı: *Ne ekersen onu biçersin!* Beni yetiştirenler ne ektilerse onu biçtiler; benden dünyanın yoksul bölgelerindeki sağlık sorunlarını sırtlayıp onları çözmeye soyunan bir sağlıkçı yetiştirdiler.

Eğer çocukluğumu hayatta hiçbir şeyi ciddiye almayan anne babamla geçirmiş olaydım belki başka hedeflere yönelirdim, ama ben görevlerine ve ideallerine adanmış bir büyükanne ve büyükbabanın evinde büyüdüm. Büyükdedem özverili bir hekim, anneannemle büyükbabam ise mesleklerine âşık öğretmenlerdi. Üçü de beni etkilemiş olmalılar ki onların yolundan yürüdüm ama onlar gibi kendi vatanımda çalışmadım. Dünyanın bir başka köşesinde, yurdumdaki en yoksulların dahi onlara kıyasla nerdeyse orta halli sayılacağı ilkel, eğitimsiz, hastalıktan kırılan insanların çocukları için hiç gocunmadam çalıştım durdum.

Demek ki doğduğumuz coğrafya kaderimiz değilmiş!

Ülkemizi kendi irademizle değiştirebiliyormuşuz. Coğrafyamı kendi seçimimle değiştirdikten sonra özveri gerektiren çok zor bir yaşantım oldu ama hayata gözlerimi huzurlu ve yaptıklarımdan memnun kapadım; o kadar ki, mezar taşıma ailemin taktığı ismi değil, annelik yaptığım çocukların taktığı adı yazmalarını vasiyet etmiştim.

Böylece Esra olarak geldiğim dünyadan Esrana olarak gittim; bağımı kopardıktan sonra hiç ilgilenmedim dünya işleriyle.

Nihayet hak ettiğim huzura kavuştuğumu düşünüyordum... Meğer işim henüz bitmemiş! Çünkü beni çağıran ses vazgeçmiyor, ısrarla adımı söylüyor... Hatta değişik aşamalardan geçerek hızla yakınlaşıyor bana. Önce hiç oralı olmadım; beni Esrana diye değil, Esra diye çağırdığı ve soyumdan indiği yalanıyla seslendiği için uzun süre duymazdan geldim. Fakat o pes etmedi, vazgeçmedi. Sonunda, çaresiz kulak verdim: Bu ısrarcı genç kadın dünyayı sarsan ölümcül virüsle mücadele etmek için yardımımı istiyordu!

Ah dünyanın en zeki ama en vahşi ve bencil mahluku insan; bunca bilimsel devrime rağmen yeryüzünde demek hâlâ virüslerle savaşıyorsun!

Oysa asırlar boyu birbirinizle savaşacağınıza, zamanınızı, enerji ve imkânlarınızı dayanışmaya, bilime, sanata ayırabilseydiniz huzur içinde yaşıyor olacaktınız. Ölümden sonra var olduğuna inandığınız cennete henüz hayattayken erişecektiniz! Bereketli ovaları, muhteşem ormanları, dağları, bağlarıyla, okyanusları, içdenizleri, gölleri, ırmaklarıyla, hatta çölleri ve buzullarıyla insanlara çeşitli yaşam alanları sunan gezegeninizi tarumar etmeye daha ben hayattayken başlamıştınız. Tehlikeyi görebilen bizler, devletleri yönetenleri ısrarla uyarmaya çalışmıştık. Boşuna uyarmışız. Olan olmuş! İnsanlar ölülerden bile medet umar hale gelmiş.

Kız konuşup duruyordu... kulak verdim... adı Mira'ymış.

Ah Mira, sürekli tekrarlıyorsun benim soyumdan indiğini de keşke bilsen akrabalığımızın bende hiçbir artıdeğeri olmadığını! Soya, inanca, renge takılanlardan değilim; bırakın aynı soydan gelmeyi, benimle aynı renkten olmayan insanlara vakfetmişim ömrümü ben!

Hayattayken çok sevdiğim ve örnek aldığım büyükdedem en verimli çağında, sırf inancı değişik diye ülkesinde ölüm tehdidi altında kalmış, faşizmin vahşetinden kaçmış, kendi inancından olmayan bir başka devletin merhametine sığınmıştı. Kendine kucak açanların ülkesini özvatanı bilmiş, kalan ömrünü o ülkenin gençlerine hasretmişti.

İşte bu nedenle, o genç kadına dedim ki, sen boş ver aynı soydan inmeyi filan... insanlık, insanlığını bilene kocaman bir ailedir!

Zaten savaşların, işgallerin, tecavüzlerin hiç bitmediği yeryüzünde kim soyundan emin olabilir ki? Herhangi bir savaşta herhangi bir askerin kime tecavüz ettiğini bilemeyeceğimiz gibi, Avrupa'dan Asya'ya, oradan Afrika'ya uzanarak iç içe geçen ve bir bütün oluşturan topraklarda, her bir kişinin atasının belli bir noktadan yola çıkıp demir atacağı yere varana kadar nerelerde konakladığını, tohumlarını nerelere saçtığını da bilemeyiz.

O halde neden soyağaçlarına bu anlamsız takıntımız?

Genç kadın, sen başka savlarla gel bana, dedim. De ki örneğin, ölümcül bir virüsün yüzünden insanlar, özellikle de küçük çocuklar ya ölüyor ya sakat kalıyorlar, sürekli değişim geçiren bu korkunç virüsün aşısını oluşturmak için ilk formülünü elde etmeme yardım et! İşte ancak o zaman senin için elimden geleni yaparım!

Anlaştık sonunda.

Mira, yeryüzündeki insan soyunun bekası için, bir zamanlar bir yere not ettiğim orijinal formülün peşinde olduğunu anlatmaya başladı. Özellikle çocukları öldüren bu virüsün aşısını, ancak bu formülü bulabilirse üretecekler ve gezegendeki insan neslini kurtarabileceklerdi.

Benden yardım talep eden genç kadının anlattıklarından anlıyorum ki, imkânı olanlar çoktan kaçmış Dünya'dan. Gök gemilerine binemeyen yoksullarla gezegenlerini kurtarmaya yeminli biliminsanları ise orada kalmış.

Şaşırdım!

Ne yazık ki insan soyu, Dünya gezegeninin en vahşi ve en arsız varlığı olma özelliğinden kurtulamamış, gözü doymamış, yaşadıklarından ders alamamış ve gezegenini ne hale getirmiş ki, başka gezegenlere göçmeye mecbur olmuş!

Vah vah! Pek üzüldüm!

Sonra, bu genç kadının yerinde ben olsam ne yapardım, diye düşündüm.

Kesinlikle Dünya'da kalır, çocuklar yaşayabilsin diye ölümcül virüsün aşısını bulmaya uğraşırdım. Eh, madem hayattayken yapmış olduğumu yapmaya çalışıyor, Mira'ya yardım etmeye karar verdim... ve hatırlamaya çalıştım... evet, henüz ihtisasını yapmakta olan bir tıp öğrencisiyken, bir kumpasa düşmüş ve formülü hiç bilmeden üstümde taşımıştım da... formülü not mu etmiştim, yoksa kimsenin eline geçmesin diye yok mu etmiştim, emin değildim.

Zorladım hafızamı... gerçekten zorladım. Hayal meyal bir yere not ettiğimi hatırlıyordum sanki. Büyük ihtimalle kimsenin bulmayacağı bir yere yazmıştım da nereye?

Aklıma sürekli anneannem geliyordu... Acaba neden?

Düşündüm de Mira'yı büyüdüğüm eve götürsem ev yerinde kalmamış olsa da hatıralarım dört yanımı saracak ve eminim, formülü ne yaptığım gözümün önünde beliriverecekti. Bunu denemeliydim çünkü benden başka kimse bulamazdı bu formülü. Bulunmadıkça da sürekli değişime uğrayarak can almayı sürdüren virüsün üstesinden gelinemezdi.

Mira'ya yardım etmeyecektim de ne yapacaktım?

"Haydi Esrana," dedim, "son bir kez daha göster analığını, kıza yardımcı ol!"

5.
MİRA

Merkez Şehir Devleti
Dünya Gezegeni
HUS. 121

Barışlar Olsun değerli Şefim,

Sizden gelen son talimat üzerine aramızdaki sesli haberleşmeyi durdurmuş bulunuyorum. Haklısınız, çevremiz casusla dolu, bilim alanındaki casusluk ise başı çekiyor!

Temasa geçtiğim Esra'nın adı, otuz yaşına basarken Esrana olarak değişmiş. Herhalde onu değişik bir adla çağırdığım için ona erişmekte zorluk çektim. Buluştuğumuzda ayrıca onun soyundan inmediğimi de söyledi. Şaşırdım ama ısrarcı olmadım çünkü fark etmezmiş akrabası olup olmamam, bana yardım etmeyi kabul etmesiyle en büyük engeli aşmış oldum.

Kitabı aramaya Esra'nın büyükannesinin evinden başlayacağız. Esrana'nın geçmişe dönük anıları formül konusunda çok net değildi, nasıl olsun ki, kim bilir kaç bedene girdi şimdiye kadar. Ama evine girdiğinde hatırlayacağına çok emin. Hatırladığı takdirde görevimi başarıyla tamamlamış olacağım. Bana şans dileyin lütfen. Derin saygılarımla.

Barışla Kalın Şefim,
Mira

6.
ESRANA
Müphem Alan

∞

Ah bu Dünyalıların aceleleri... ah bu telaşları, bu sabırsızlıkları!

Aslında ben de böyleydim genç bir Dünyalıyken! Sabah başucu saatim çalardı, fırlardım yataktan. Hemen o saat denen aletin kola takılan bileziğini geçirirdim bileğime ki zamanımı saniyelerine kadar takip edeyim. Yataktan çıktıktan on dakika sonra duşumu almış, yirmi dakika içinde kahvaltımı bitirmiş, bir sonraki on dakikada giyinmiş, makyajımı yapmış, işime gitmek üzere hazır olurdum!

Öğrenciyken üniversitemin koridorlarında, hekimlik yaparken hastane koridorlarında koşturup durdum. Yollarda, sokaklarda, havaalanlarında da nefes nefese koşuşturdum ve yine böyle bir koşturmacadayken... Gümmm!

Bir araba çarptı bana!

Öldüğümü sanmışlar ama ölmemişim! Kendime geldiğimde kırık dökük bir bedenden ibarettim, bir yatakta yatıyordum, koşmuyordum, konuşmuyordum, hatırlamıyordum, hatta düşünmüyordum bile çünkü hafızam yoktu.

Belleksiz olarak ne kadar yattım bilmiyorum. Adım sanım, kimliğim, kişiliğim olmadığı için artık dünyamızda da yok sayılırdım ama yine de şimdiki gibi zamansız ve bedensiz bir ruh değildim! Bedenimin farkındaydım da kollarımı bacaklarımı hareket ettiremiyordum.

Hastane koğuşunun duvarında asılı duran ve tık-tık-tık sesiyle zamanın sürekli akmakta olduğunu duyuran saat de hiçbir şey ifade etmiyordu bana.

Ya benim zamanım durmuştu ya da ben zamanın dışına düşmüştüm!

Gerçekten çok tuhaf bir duyguydu; artık bir ruhtum ama bedenli bir ruhtum.

Hem vardım hem yoktum!

*"Ne içindey(d)im zamanın ne de büsbütün dışında; yekpare, geniş bir anın parçalanmaz akışında"*ydım* bir koca yıl boyunca. Bu tuhaf süreçte, belleğim yerine gelene kadar iki kişinin çok büyük hayrı dokunmuştu bana. Biri, devlet hastanesindeki tedavim bittikten sonra beni kapı önüne koyacağına, özel kliniğinde yatırıp tedavimi sürdüren doktor, diğeri de dosyama bakan komiserdi.

---

* Ahmet Hamdi Tanpınar.

Komiser, sabırla belleğimin yerine gelmesini beklemiş, birkaç yıl sonra da bir kez daha beni peşimdekilerin şerrinden tereyağından kıl çeker gibi almış, dünyanın bir başka köşesinde saklamıştı tehlike geçene kadar. Gençtim, akılsızdım; bu değerli yardımın kıymetini anlayamamış, saklandığım süreyi hayatımdan çalınmış farz etmiştim.

Oysa zaman ne ki?

Saat denen aletin sürüp giden tıkırtısı mı? Günlerin geceye, gecenin güne evrilmesi mi?

Gelip geçen mevsimler mi? Ad değiştiren yıllar mı?

Hiçbiri olmadığını ancak bu âleme geçince anladım ama gel de bunu yardım etmeye çalıştığım Dünyalıya anlat! Tutturuyor zaman da zaman diye Mira! Bu kadar acelesi olmasa eminim daha kolay ulaşacağız hedefe. Fakat hem genç hem de pek çok şeyden habersiz... Haydi diyor bana durmadan, haydi... haydi... haydi!

Haydi, dedim ben de sonunda, düşelim bakalım yollara.

7.

MİRA

Merkez Şehir Devleti
Dünya Gezegeni
HUS. 121

Barışlar Olsun değerli Şefim,

İşler umduğumuz gibi gitmedi.

Anneannenin evi yerinde duruyordu. İçeri girdiğimizde Esra-na'nın gözlerindeki perde fasıl fasıl açılmaya başladı. Önce formülü anneannesinin yatak odasında asılı duran Kuran'ın son sayfasına not ettiğini hatırladı. Evin içinde dört dönüp Kuran'ı ararken "Boşuna arıyoruz. Yıllar sonra, ev satılırken Kuran'ı, apartmanın emektar kapıcısı Raif Efendi'nin oğlu Kadir isteyince hatırını kıramayıp ona vermiştik," dedi. "Hatta şunu da hatırlıyorum: Amerika'daki kuzen-lerim için evden bazı antika parçalar ayırmıştık. Kuran ne oldu diye sormuşlardı. Kuran'ı geri isteyemezdim ama onlar çok istiyorlarsa Kadir'den onu satın alabilirlerdi."

Anneannenin satılan evinin sokağında bir antikacı dükkânı açan Kadir, bu kitabı kendine mi sakladı yoksa sattı mı, bilemiyoruz. Antikacı dükkânı nedir diye soracak olursanız, o yıllarda yaşayan insanların her nedense eski eşyalara merakı varmış. İşe yaramasalar bile birçok eşyayı çok para verip satın alırlarmış. Paranın ne olduğunu ise siz öğretmiştiniz bana, üzerlerinde değerleri yazan kâğıt parçaları, kurşun paralar, kredi kartları... ah, gerçekten zormuş hayat bir zamanlar! Esrana (Esra, yeni adı ile anılmayı tercih ediyor) ile birlikte elbette söz konusu kitabı bulmak için elimizden geleni yapacağız ama en çok ihtiyacımız olan şey zaman!

Size bu kitaba erişme sözünü, bizi ancak belli bir zaman dilimiyle kısıtlamazsanız verebilirim. İşte tam da bu yüzden sizden bir ricam olacak Şefim: Ses Çözme ekibinizden yardım isteyeceğim. MS 2025-2040 yılları arasında, size konumunu göndereceğim mekândaki konuşmaları dinlesinler. Kitaba dair bir ipucu elde ederlerse zaman kazanmış oluruz. Edemezlerse vakit alır ama biz yine buluruz çünkü sabır ve gayret her işi çözer; ki bunu da bana, diğer pek çok şeyle birlikte öğrencilik yıllarımda siz öğrettiniz.

Barışla Kalın,
Mira

8.
ESRANA

Müphem Alan

∞

Onu önce büyükannemin evine götüreceğim. Formülü aceleyle ve elim titreyerek kutsal kitabın arka sayfasına not ettiğim geceye... Eğer bir mucize olur da kitabı bulabilirsek ikinci mucizeyi bekleyeceğiz. Çünkü evden çıkmadan önce, bir koşu kadife keseyi asılı olduğu çividen alıp içinden kitabı çıkarmış, formülü yazdığım sayfayı koparıp cebime koymuştum. Sonra da o sayfayı bin bir parçaya bölüp havaya savurmuştum, bindiğim arabanın penceresinden. Sanıyordum ki bilmeden yanımda taşımış olduğum o korkunç formüle artık hiç kimse erişemeyecek!

Neden sonra öğrendim, mürekkeple yazılan yazıların bir arka sayfada iz bıraktığını... çıplak gözün değil ama ileri teknolojiye ulaşmış bir gözün görebileceği, örümcek ağı gibi ince, narin bir iz kalırmış arkadaki sayfada!

Ben kendime düşeni yaparak kitaba ulaştırayım Mira'ya, izi bulup okuyabilmek de onun payına düşsün, dedim.

Mira'ya yardım etmeye karar verince, birlikte önce, bizi yüzlerce yıl geriye götürecek *Metaverse*'ün kapısının önüne geldik. Mira, *Metaverse*'e geçerken elini sımsıkı tuttuğumu fark etmemiş olabilir; ben onu görüyordum ama o beni ancak hissedebiliyordu. İstediğimiz noktaya ne kadar zamanda gittiğimizi ise ancak Mira'dan öğrenebilirsiniz çünkü Dünya'dan ayrıldığımdan beri zaman mevhumum kayboldu.

Biz ruhlar, zamansız bir mekândayız.

Nitekim Beyoğlu'ndan Tophane'ye inen yokuşun başındaki eve ulaştığımızda dahi yolculuğun süresini sormadım, sadece "Anneannemin evi bu sokağın başındaydı," dedim.

"Siz önden buyurun," dedi ve bana yol verir gibi kenara çekildi Mira ama yine her zamanki aceleciliğiyle önüme geçti ve tam sokağa saparken durdu.

"Aaa, barikat var bu sokağın başında," dedi, "herhalde yolda bir tamirat yapıyorlar."

"Önemi yok, biz de bir sonraki sokaktan dolanırız," dedim.

Bir sonraki sokağın başına geldik.

"Aaa burada da barikat var!"

Anacaddeden denize inen tüm sokakların kapatılmış olduğunu anladığım an ben de duydum uğultuyu. İnsan seslerinin ve sirenlerin birbirine karıştığı bir tuhaf gürültüydü.

Daha sonra, polislerin rap rap ayak sesleriyle kadın çığlıkları arasında Taksim istikametine doğru yürürken, barikatları aşmış birkaç kadının ellerindeki pankartları gördüm.

KÜRTAJ HAKKIMI GERİ VER! GECELERİ DE SOKAKLARI DA TERK ETMİYORUZ!

YAŞASIN KADIN DAYANIŞMASI! JİN JİYAN AZADİ ve hemen ardında Türkçe karşılığı olan KADIN YAŞAM ÖZGÜRLÜK!

Kadınlar şarkılar söyleyerek, sloganlar atarak yan sokaklardan caddeye sızıyor fakat engelleniyorlardı. Attıkları sloganları duyabiliyorduk ama yollarını kesen polis gücünü protesto etmek için çaldıkları düdük, trampet, tef gibi müzik aletlerinin gürültüsünde kayboluyordu sözleri.

Polise rağmen biz ikimiz Taksim istikametine doğru gidebildiğimiz kadar ilerledik ve yolu kesen tankları gördük. Polisler, tanka tırmanmaya çalışan birini aşağı çekip tekmelediler. Uzun saçlı, genç bir erkekti bu. Ağzının kenarından kan sızıyordu. Bir gözü kapanmıştı. Yapmayın, durun, diye bağırdım polislere sesimin duyulmayacağını bildiğim halde. Sadece Mira duydu beni, polise doğru koştu, genci dövenleri engellemeye çalıştı. Onu da itekleyerek düşürdüler; "Berbere git, erkek gibi saç tıraşı ol!" diye emreden polisin tekmesi Mira'nın içinden geçerek yerdeki gencin diğer gözünde patladı. Çocuk haykırarak iki büklüm oldu. Mira'nın polisin sırtına tırmandığını, elleriyle adamın gözlerini kapattığını gördüm. Polis silkinir gibi yaptı ve yerdeki çocuğu dövmeye devam etti. Kendini olayların akışına kaptıran Mira, ancak o zaman sanal bir dünyanın içinde olduğunun farkına vardı. İndi polisin sırtından. Canı acımamıştı, buna rağmen elleriyle tekmenin isabet ettiği karnını tutarken titriyordu.

Zavallı kız diye düşündüm, o kendi çağında açlıkla, kıtlıkla, susuzlukla tanıştı ama şiddeti hayatında ilk kez görüyor; umarım etkisinde kalmaz!

Oysa ben o an şahit olduğumuz manzaranın bin bir çeşidini kendi hayatımda defalarca yaşamış, Hitler Almanyası'ndan kaçan büyükdedemin anlattıklarından ise Nazi zulmünü gözlerimle görmüş gibi nerdeyse ezber etmiştim.

Kadınları itiştiren, kelepçelemeye çalışan polislerin üzerine boşuna bir gayretle yürüyen Mira'ya bakarken kendi gençliğim geçti gözlerimin önünden.

Kaç protesto yürüyüşü, kaç kez polis coplarına maruz kalma... plastik mermiler... hemen hemen her protesto olayında gaz ve gözyaşı bombaları... Ah, hatırlayınca güleceğim geldi; bir keresinde, Gezi Protestoları sırasındaydı, büyükbabam evden çıktıktan bir yarım saat sonra telefon çalmıştı, ben açmıştım holdeki ev telefonunu. Büyükbabam öksüre tıksıra "Ben gazlandım... gazlandım!" diyordu üst üste.

"Anneanneee, büyükbabam arıyor, gazlanmış!" diye seslenmiştim telaşla.

"Yine mi sütünü soğuk içmiş? Soğuk süt gaz yapıyor diyorum ama laf dinlemez ki," diye yakınmıştı anneannem. Zavallı, nereden bilsin kocacığının Gezi Parkı'na çıkan basamaklarda polisin sıktığı gazla nerdeyse boğularak ölme noktasına geldiğini.

Ama o an bizim tam da içine düştüğümüz bu olay, çok daha sonraki bir tarihteydi: Sanırım, 2019 yılının 8 Mart Emekçi Kadınlar Günü'ndeki feminist yürüyüşü gerçekleştirmek üzere toplandığımız gecenin hengâmesine rast gelmiştik, hayal meyal hatırımdadır o gün.

Metaverse'e İstiklal Caddesi'nin Tünel ucundan girdiğimiz için durumu hemen anlayamamışım. Oysa caddeye Taksim yönünden girseydik, Mira tüm yan yolların Özel Harekât polisleri ve Çevik Kuvvet ekipleri tarafından TOMA'larla kapatılmış olduğunu görüp şaşıracaktı. Hatta yarım saat kadar önce gelmiş olaydık, bir ambulansa yol vermek için açılan boşluğa bir anda sızıveren kadın seline biber gazı ve plastik mermilerle saldırıldığına da tanık olacaktı.

Kadınlar çeşitli talepler arasında kürtaj haklarıyla LGBT haklarını da talep eden pankartlar taşıdıkları için, acımasızca dövülüyor, saçlarından çekilerek yerlerde sürükleniyor ama pes etmiyorlardı. Kimi çığlık çığlığa, kimi hıçkırıklarla boğulmuş, zor çıkan bir sesle, SUSMUYORUZ, KORKMUYORUZ, GECELERİ DE MEYDANLARI DA SOKAKLARI DA TERK ETMİYORUZ diye bağırmaya devam ediyordu. Polis, direnen kadınları üç gruba bölerek birinci grubu Taksim Meydanı'na doğru sürüklemiş, yaka paça orada bekleyen araçlara doldurmuş, ara sokaklara kaçışanları kovalamış, göz yaşartıcı bombalar ve plastik mermilerle küçük grupların bir araya gelmesini önlemişti. Cadde ancak saat gecenin on birine yaklaşırken yeniden açılabilmişti yaya trafiğine.

Valilik bu müdahaleyi yapmasaydı kadınlar, Taksim Meydanı'ndan ellerinde pankartlarıyla girip sloganlar atarak, şarkılar söyleyerek Tünel'e kadar yürüyüp dağılacaklardı. Şiddet yaşanmayacaktı. Yaralananlar olmayacaktı. Kan akmayacaktı.

Görünürde o maçı o gece şiddet yanlıları kazanmıştı... şiddetin uzun vadede hiçbir zaman kazanmadığını anlayabilmek için olaylara benim bulunduğum taraftan bakması gerekiyor insan soyunun.

Şiddet sıradanlaşabilir ama asla kazanmaz!

Nitekim sıradanlaşmış şiddet ve savaşlar yüzünden Dünya nimetlerinden yoksun kalmış bir genç kadına rehberlik etmekteydim bu gece.

Mira, yaşadığı çağda şiddeti değil ama yaz aylarının kuraklığını, kışın dondurucu soğuğunu ve dolayısıyla açlığın, susuzluğun çaresizliğini tanıyor sadece ve o an gördüklerine inanamıyordu. Bense yaşadığım ülkede defalarca tekrarlanan şiddet olaylarını yakından takip etmiş bir ruh olarak, hiçbir işe yaramamış baskı dönemlerinin ve savaşların yarattığı iklime doğan bu genç insana bakıyordum şaşkınlıkla... saçları, kaşları, kirpikleri, tüyleri ve dişleri yoktu, çünkü onlara ihtiyacı yoktu. Buna rağmen uçları çok marifetli tırnaksız uzun parmakları, incecik bedeniyle, ipeksi teniyle tuhaf bir güzelliği vardı ve bizlerin dünyada yaşarken hayal ettiğimiz *uzaylılara* benziyordu.

Şu ana kadar iyi niyetini ve masumiyetini yansıtan gözlerinde şimdi sadece müthiş bir korku ve öfke vardı. İçimden bu genç insanı kollamak korumak, ona sımsıkı sarılmak geçiyordu ama yapamazdım. Dünyalılarla ellerin dışında yakın temas yasaktı bize. Acaba neden zaten duyumsamazlar ki temasımızı? Demek ki tüm değişik alanlardaki yöneticilerin illa bir yasakları olmak zorundaydı!

"Korkma Mira, şu anda şahit olduğun şiddet kazanmadı! Sen, umudunu hiç yitirmeden Dünya'yı düzeltmeyi amaçlayan, yalana dolana, talana asla taviz vermeyen bir kuşağın ferdi olduğun için aslında maçı senin kuşağın kazandı," demek geldi içimden ama onu bile diyemedim. O zaman Dünyamız niye bu halde, diye sorardı çünkü bana.

"Mira," diye fısıldadım... beni görmüyor ama seziyordu, yanıma yaklaştı. "Etraf sakinleşti, gel büyükannemin evini bulalım," dedim.

Tünel istikametine yürüdük. Denize inen yokuşların birine saptık. Apartman yerinde duruyordu ama kapısı ve rengi değişmişti. Taş rengi binayı filiz yeşiline boyamışlar, hiç yakışmamış!

"Geldik, burası," dedim.

Mira'nın sımsıkı tuttuğumu hiç fark etmediği elini bıraktım. Kız kapıya doğru gitti, parmağını bir an tuttu kapının üstündeki göz gibi yerde; anahtardı, karttı, tüm bunlar benim çağımda kalmış... bir ışık mı çaktı sanki yoksa bana mı öyle geldi ama kapı anında açılınca, tam arkasında durduğumu düşündüğünden, dönüp gülümsedi ve yol verdi bana. Terbiyeli bir genç kadındı, kim bilir belki de gerçekten kuzenlerimden birinin soyundan geliyordu ama o da benim kapılardan geçmek için parmak uçlarıma ihtiyacım olmadığını bilmiyordu.

Ben önde, o arkamda içeri girdik.

Çocukluğumun geçtiği evdeydim! Dedemin ve anneannemin evinde... mutlu, huzurlu ve hep yanımda olan, beni çok sevdiklerinden emin olduğum o iki kişiyle birlikte yaşadığım odalarda. Ama o da ne! Evin planı da eşyaları da çok değişmişti! Bir an için müthiş bir özlem duygusuyla kıvrandım ve kendimi hemen toparlayıp anneannemin bir zamanlar yatak odası olarak kullandığı, ölümünden sonra da annemin kitaplık olarak düzenlediği odanın duvarlarını dikkatle taradım. Kitap dört duvarda da yoktu. Anneannemin yatağının durduğu diğer odaya geçtim. Ömrümün son yıllarında pek ender gelip sadece birkaç gececik geçirdiğim bu evde, bana ömür boyu annelik yapmış olan anneannemin yatağında yatmak, sanki kucağında uzanıyormuşum duygusunu verecekti bana. Öyle de oldu, onun yatağında her seferinde anneannemin sevgi dolu kollarındaymışım gibi hissederdim kendimi; yine sanki kokusunu duydum! Sonra doğruldum, gözlerim duvarlarda, raflarda gezindi. Aradığımı bulamayınca telaşla bütün evi dolaştım. Dehşet içindeydim. Odalara tekrar tekrar giriyor, Kuran'ı arıyordum. Hiçbir yerde asılı değildi, raflarda da yoktu. Küçük karanlık yük odasına kadar arandım. Sırasıyla önce dolapları, çekmeleri, sonra da sandıkları açtırdım Mira'ya ama yok, yok, yok!

Mira'ya "Kitabı antikacılarda aramalıyız," derken içsesim öylesine cılız çıkıyordu ki, beni duyamamasından endişeliydim.

Yine de duydu beni, "Bu civardaki bütün antikacılara tek tek bakacağım," dedi. Sonra bir süre avucuna baktı.

"Sen aramaya bu sokaktakilerden başla, ben biraz daha kalayım burada," dedim, "birazdan gelir bulurum seni."

"Hasret mi gidereceksin?"

"Çocukluğum bu evde geçti... Okul yıllarım, ergenliğim, gençliğim... burada o kadar çok anım var ki."

"Kim demiş ruhların duyguları yoktur diye!" dedi Mira, göz kırptı bana ve devam etti: "Ben demin araştırdım, o yıllarda buralarda pek çok antikacı ve eskici dükkânı varmış. Bu sokağı bitirince paralelindeki sokağı tarayacağım. İşim uzun; sen anılarında keyfince demlen ve ne zaman istersen gel bul beni."

"Eğer Taksim'e girişi yasaklamışlarsa meydana yürümekte ısrarcı olma sakın," dedim, "zaten antikacılar meydanda değil, ara sokaklardadır. Onları dolaş, başın sıkışacak olursa beni hemen çağır, e mi?"

"Ayrıca annelik, büyükannelik güdülerin de yerli yerinde," dedi Mira.

Yanıtlamadım. Bir an önce gitsin, beni yalnız bıraksın istiyordum ki anılar denizime keyfimce dalabileyim.

O çıkıp gidince anneannemin yatağına oturdum. Sokakta rast geldiğimiz olay, beni bizzat yaşamadığım ama şu yatağın üzerinde, anneannemle dedemden dinlediğim bir başka dehşet gecesine taşımıştı.

Anneannemle dedeme defalarca anlattırdığım, dinlerken hem ürperdiğim hem de onları birleştiren gece olduğu için keyif duyduğum o korkunç olay, 6 Eylül'ü 7 Eylül'e bağlayan tarihe rast gelmiş! Bugün Mira'yla şahit olduğumuz şiddetin bin beteri bir ortamda itiraf etmişler birbirlerine yıllardır kalplerinde yaşattıkları gizli sevdayı. O günü ve geceyi onların ağzından dinlemeye doyamazdım.

İlk dinlediğimde babam, her zaman olduğu gibi Side'deki evindeydi. Annem kim bilir dünyanın hangi ucundaydı. Ben eğitimim aksamasın diye okula anneannemle dedemin İstanbul'daki evlerine yakın bir okulda devam ediyor ve ana babasından uzak düşmüş *zavallı çocuk* konumumdan fazlasıyla yararlanıyordum. Bir dediğimi iki etmiyorlardı. Çoğu zaman yaptığım gibi yine yatağıma yatacağıma, onların odasına dalmış, aralarına sızmış, o geceyi anlatın diye tutturmuştum.

Önce uyuyor numarası yapmışlardı.

"Hadi ama... anlatın!"

Anneannem pes etmişti, "Anlatacağım ama sonra hemen uyuyacaksın, söz mü?"

"Söz!"

"Eylül ayının ilk haftasıydı, güneşli güzel bir gündü, gencecik bir lise öğrencisiydim. Bebek'teki evimizden dolmuşa binip sonradan evleneceğim dedenle buluşmak için Taksim'e gidiyordum. Yolda bağıran çağıran, sopalarıyla rasgele arabalara vuran adamlar vardı ama sonradan öğrendik ki asıl olay, zamanın hükümetinin yönlendirmesiyle Taksim'de başlamıştı. Maksat da Selanik'te Atatürk'ün evine saldırı olduğu bilgisi karşısında İstanbul'da yaşayan Rumlara karşı bir tepki ile Yunanistan'a gözdağı vermekmiş. O gün Polis hiçbir aracı Dolmabahçe Sarayı'ndan öteye sokmamıştı. Ben yokuşu yürüyerek Ayaz Paşa'ya çıkmıştım.

Deden beni Taksim'deki dolmuş durağında bekleyecekti ama o hengâmede birbirimizi bulmamız için bir mucize gerekiyordu. Taksim Meydanı mahşer günü gibiydi. İnsanlar avaz avaz bağırıyor, tekbir getiriyor, sopalar, taşlarla vitrinleri, apartman kapılarını kırmaya çalışıyorlardı. Tüm bunlara rağmen, mucize gerçekleşti, dedenle buluşabildik ve onun Tünel'deki evine sığınmaya karar verdik. Evlendikten sonra o gün buluşabilmemizi aşkın mucizesi olarak tanımlamıştık ama o gün bırak buluşmayı, yaralanmadan yürüyebilmek bile nerdeyse imkânsızdı. Beyoğlu'ndaki tüm mağazaların vitrinleri kırılmıştı. Elleri taşlı sopalı adamların arasından geçerken, kırılan camlar başımıza yağmur gibi yağıyordu. Dükkânlardan sökülüp atılan top top kumaşlar ayaklarımıza dolanıyordu. Ben ayakkabılarımdan birini kaybetmiştim, ayağıma cam kırıkları battığı için çok canım yanıyordu. Herkesin yerlere saçılan eşyaları aşırmak için eğildiği caddede yürümek de ayrıca zordu, hele mücevher dükkânlarının önünden geçmek mümkün değildi. Halk saçılan malların başına üşüşmüştü. Yaralılar, ağlayanlar, siren sesleri... Deden beni kucağında taşımak zorunda kaldı. Evimize daha az hasarlı arka sokakları kullanarak geldik ve..."

"Anneanne, seni sığındığınız o apartmanın sahanlığında öpmüş dedem ilk kez, sen bana onu anlat."

"Seni gidi edepsiz! Nereden biliyorsun bunu?"

"Kuşlar söyledi."

"Kuşun adı Sude'dir eminim. Senin bu annen çok münasebetsiz! Demir, baksana, senin utanmaz kızın çocuğa neler anlatmış!"

"Ben çocuk değilim. On bir yaşındayım. Hadi anlatın ama..."

"O günden aklımızda kalan sadece şahit olduğumuz vahşetti, Esra," demişti dedem, "İnsanların bir daha birbirine böyle şeyler yapmamasını telkin için her ikimiz de mesleklerimizin yanı sıra hayatımız boynunca sürekli konferanslar düzenledik, çalışma gruplarıyla bir araya geldik, adeta gönüllü öğretim görevlileri olduk. Ama ne yazık ki hiçbir işe yaramamış çabalarımız. İnsanoğlu birbirinin gözünü oymaktan vazgeçemiyor. Dilerim sen daha iyi bir dünyada yaşarsın."

"Ama hani senin evine gitmişsiniz ve hani sen ilk kez..."

Beni susturup konuyu iyice dağıtmıştı dedem; öğüt vermeye başladı mıydı susmazdı artık. Anlaşılan nasıl öpüştüklerini o gece öğrenemeyecektim. Belki bir başka gün anneannem anlatır diye gözlerimi yumup uyumuştum.

Şehrimde çok protesto olayı yaşandı ben büyürken. Kanlı Pazar'lar, darbeler, sokağa çıkma yasakları... Ama bir Gezi Direnişi vardı ki, dünyanın görüp göreceği en barışçıl ve eğlenceli eylemdi. Onun da sonu, insanların polis tarafından yerlerde sürüklenmesi, tartaklanması, tekmelenmesi, karakollarda sabahlamasıyla, plastik mermilerin gençleri kör etmesiyle, birkaç cana mal olarak ve heyhat, bir sivil darbenin şartlarını hazırlayarak geldi!

Ben şiddete sadece kendi ülkemde değil, ziyaret ettiğim veya yaşadığım pek çok ülkede de tanıklık ettim. Savaş da, sömürü de, şiddet de hiç bitmedi Dünyamızda.

Aradan geçip giden bunca zamana karşın hiçbir şey değişmemiş demek ki!

Nasıl bir kısırdöngüyse bu, şiddet neticede bir gezegenin sonunu getirmiş, işte!

Açgözlülerin bir türlü doymayan iştahı doğayı perişan ederek kıtlığa, savaşların tahribatı da iklim kaymalarına neden olmuş!

Buyurun bakın, Dünya'yı talan etmenin sonucuna!

Ne ağaç kalmış ne orman, akarsular kurumuş, göller bataklığa dönüşmüş, deniz bir pislik kuyusu! Balık yok, hayvan yok, var olan tatsız tuzsuz meyve ve sebze kimseye yetmiyor!

İnsanlarsa değişen şartlara uygun düşen saçsız, tırnaksız, dişsiz fakat parmak uçları aşırı duyarlı tiplere dönüşmüş. Bazılarının içdünyaları aynı kalmış olmalı ki, yaşadığım yılların uzaylı çizimlerini andıran ve benim soyumdan geldiğini iddia eden şu genç kadın da dünyasını kurtarmak adına, tıpkı benim gibi delice bir gayret içinde!

Aradığı formülü bulması için elimden geleni yapacağım. Eğer başarırsak, Mira formülü devreye sokacak, binlerce hayatı kurtaracak.

Kurtulanların arasından dünyayı eski haline döndürmeye çabalayanlar da çıkacaktır, buna inanıyorum çünkü biliyorum ki, iyilik kötülükten, merhamet ise nefretten daha güçlü.

İnsan denen yaratık her ne kadar hırsını dizginleyemiyor, kendi kuyusunu kendi kazıyorsa da hepimiz masum bebekler olarak doğuyoruz... Bu cümleyi kim söylemişti acaba? Hatırladım; bir gazeteci düşünürü vurdurmuşlardı vatanlarını çok sevdiklerini zanneden bahtsızlar... Evet, bahtsızlar çünkü insan kıymeti bilmeyen vatan kıymetini hiç bilmez... ve genç bir çocuktan bir katil yaratmışlardı. Hem insan hem de vatan sevgisi bilen on binlerce kişi tek yürek olmuş cenazenin arkasında yürürken, öldürülen Hırant Dink'in acılı karısı söylemişti bu cümleyi. Sokaklardan taşan insan selinin anacaddeye heyelan gibi aktığı o gün, hayret, hiçbir müdahale olmamıştı hükümet tarafından. Umudun önünde durulamayacağını anlayıp kırk yılın birinde akıllı davranmışlardı çünkü o cenazenin peşinden gidenler kardeşlik ve barış için yürüyorlardı.

İçimden geçenleri paylaşacağım Mira'yla. Varsın o da benim gibi umudunun peşinden koşsun. Düzeltebildiğine yetsin nefesi. İleride bir gün benim tarafta buluştuğumuzda, ben de yan gelip yatmadım, insanlık için elimden geleni yaptım, diyebilsin.

9.
MİRA

Merkez Şehir Devleti
Dünya Gezegeni
HUS. 121

Barışlar Olsun sevgili Hanor,

Evet, artık romantik bağlarla bağlı değiliz birbirimize ama sen hâlâ benim can arkadaşımsın, üstelik zor bir düğümü çözmek için Müphem Alan'da görevlendirildiğimi Şefimin dışında sadece sen biliyorsun ve itiraf et, bu zor işin başıma kalmasında senin büyük katkın var.

O malum gün, sırf seni bekletmemek için birkaç saniyeliğine ses çözmekte olduğun kabine girmemiş olaydım şimdi yüzyıllar öncesinde yazılmış bir formülü bulmak için ketum ruhların peşinden koşuyor olmazdım. Ama sanma ki kızgınım sana. Sadece kırgınım ve ilişkimiz hep sürsün isterim Hanor. Beni en iyi sen anlıyorsun, ben de içimi hiç gocunmadan ancak sana dökebiliyorum. Boyumdan büyük ve çok zor bir işe soyunmuşken lütfen benden dostluğunu esirgeme.

Gerçi Müphem Alan'da yaşadıklarımı Radin Şefimle günbegün paylaşıyorum ama bir insanın arkadaşıyla dertleşmesi başka bir şey. O nedenle bana son bir iyilik yap ve görevim sonlanana kadar yazışmamıza izin ver. İçimi eskiden olduğu gibi yine sana dökeyim.

Barışla Kal.

Seni her zaman seven arkadaşın,

Mira

10.
HANOR

Merkez Şehir Devleti
Dünya Gezegeni
HUS. 121

Barışlar Olsun sevgili Mira,

Sevgilim olarak kalmanı yeğlerdim ama benim için bir arkadaş olarak da her zaman değerlisin.

Üstelik bir süre başka bir âlemle irtibat halinde olacağın ve sürekli Metarverse içinde değişik çağlarda dolanacağın için gurbette sayılırsın. Bana yazılı, sesli, algılı her türlü mesajı atabilir, içini dökebilirsin. Hatta istersen görev sonralarında arkadaşça sohbetler için ara sıra buluşabiliriz de. Dertlerini paylaşır, yardımcı olmak için elimden geleni yaparım. Zor görevinde sana başarılar diliyorum.

Barışla Kal.
Her zaman dostun,
Hanor

11.
MİRA

Merkez Şehir Devleti
Dünya Gezegeni
HUS. 121

Barışlar Olsun sevgili Hanor,

Beni anlayışla karşıladığın için sana minnettarım çünkü seninle dertleşebilmek ve irtibatta kalmak bana çok iyi gelecek. Madem bana dost elini uzattın, o halde dinle bakalım:

Tayro virüsünün formülünü bulmama yardım edecek olan ruhun adı Esrana.

Esrana ile buluştuğumuz ilk gün, üniversite yıllarına kadar yaşadığı yerlerle özel bir bağı olduğunu hemen fark ettim. Ondaki duygu derinliği beni de etkiliyor, sevdiklerine hasretini iliklerimde hissediyordum.

Bana *Metaverse*'te virüsün formülünü arayacağımız mahalledeki caddeleri, ara sokakları ve meydanları o kadar ince ayrıntılarla anlatmıştı ki, ben Tünel denen yerden Galatasaray Lisesi adlı okula kadar olan bölümündeki sokakların sadece antikacılarına ve eskicilerine değil, mevcut tüm dükkânlarına girip çıkarken, Esrana çocukluğunu ve gençliğini geçirdiği evde anılarıyla baş başa kalsın istedim.

Esrana, satır başları ve noktalama işaretleri altın varakla yazılmış Kuran'ı o mahalleden birinin satın aldığına nerdeyse emindi. Ve alan kişi, Kutsal Kitapların sahiplerini koruduğuna, onlara uğurlu geldiğine inanıyorsa, kitabı işlemeli kadife kesesinde, dükkânının bir duvarına mutlaka asmıştı. Bu yüzden girdiğim her dükkânın dört duvarına dikkatle bakıyordum. Gerçek dünyada olsam kitabı tarif eder, zamanın en yüksek fiyatını vermeye hazır olduğumu söylerdim. Hatta bir müze için aradığımı da ekleyerek. Çünkü Esrana bana, onun yaşadığı yıllarda paranın her şeyden önemli olduğunu söylemişti. Ama ne yazık ki beni ne görüyor ne duyuyorlardı. Kitabı bulaydım elbette formülü okumak için yapacağım işler vardı. Olmadı, eve elim boş döndüm.

Günün daha geç saatlerinde henüz giremediğim birkaç sokağı da Esrana ile birlikte arşınladık. Hava iyice karardığında dükkânlara dalıp gözlerimle duvarlardaki rafları taramaktan bitap düşmüştüm. Ertesi gün caddenin karşı tarafındaki dükkânlarını taradık, sonraki üç gün boyunca ise şehrin müzelerinde ve kütüphanelerinde dolandık.

Aradığımızı bulamıyorduk.

Derken Esrana'nın aklına bir fikir geldi... Sosyal medyaya bir ilan koymak!

Fikri Esrana vermişti ama elbette ilanı ben hazırladım. Bir koleksiyoncunun hangi nitelikte bir kitap aradığını anlatan ilan, Esrana'nın anneannesine ait Kuran'ın boyutlarını, ayrıntılarını ve bu kitabı getirecek olana ödenecek cömert miktarı da içeriyordu.

Sıra oturup başvuruları beklemeye gelmişti ki, bir sorun çıktı.

"O marifetli parmak uçlarınla sadece camlara dokunarak iki binli yılların ödemesini nasıl yapacağını merakla bekliyorum," dedi bana Esrana.

Resmen dalga geçiyordu benimle.

"İki binlerde yaşayan sen olduğuna göre, bu işi sen halledeceksin büyük kere büyük kere büyük anneciğim," dedim.

"Bundan hiç şüphen olmasın! Ödemeyi Bitcoin ile yapacağım çünkü sanal dünyada sanal ödeme yapılır," diye yanıtladı Esrana.

Tarihin derinliğinden gelen, antika değerindeki bu akrabamla (soydaş olduğumuza o varsın inanmasın, ben eminim) aramızda eğlenmeye de başlamıştık.

Bekledik. Başvurular tahminlerin de üzerindeydi. Gözümüzün önünden onlarca Kuran geçti ama Esrana'nın son sayfasına virüsün formülünü not ettiği kitabı hiç kimse getirmiyordu.

Demek ki, her kimdeyse, o kişi ya bu kitabı asla elden çıkarmayacaktı ya da bir yangında yanıp kül olmuştu.

Yine de armaya devam ettik.

On gün sonra umudumuzu yitirmiştik. Belli ki kitabı yanlış yerde arıyorduk.

Belki de Esrana'nın Amerika'da yaşayan kuzenin torunları İstanbul'a bir gelişlerinde apartman kapıcısı Raif'in ailesinden kitabı satın alıp yanlarında götürmüşlerdi.

Ne var ki ben Radin'den bir kere daha geçmişin seslerini taratmasını isteyemezdim, üstelik aratacağım kişilerin adlarını dahi bilmiyorken.

Canım sıkılıyordu, bana verilen görevi yerine getirememiştim. Çaresizdim, mutsuzdum ve kesinlikle başarısızdım! Tam Şefime görevi bırakmaktan başka çarem kalmadığını bildirecektim ki, Esrana beni engelledi.

Pes etmeden önce, New York'ta yaşadıklarını varsaydığımız müşterek kuzenlerimizi bulmaya gayret etmeliydik. Çok büyük bir ihtimalle aile yadigârı onlarda kalsın diye, Kuran'ı iyi bir ücret karşılığında Raif'in ailesinden onlar satın almışlardı. Amerika'ya döndükten sonra, torunlardan biri bir açık arttırmada, zengin bir Müslümana kitabı üzerine kâr koyarak satmış da olabilirdi.

İçinde böyle olduğuna dair bir his vardı Esrana'nın.

Müphem Alan'ı ilgi odağı yapanların, sezgiler söz konusu olduğunda elle tutulabilen kesin kanıtlara ihtiyacı olmaz. İçlerine doğan hislere, kulaklarına gelen seslere, gördüklerini zannettikleri işaretlere inanırlar. Bu yüzden Esrana'nın açıklaması karşısında boynum kıldan inceydi ve şimdi bana düşen, Kuran'ı anneannesi Suzan'ın ölümünden sonraki yıllarda, bu kez de New York'un müzayede salonlarında aramaktı; elbette Esrana'nın yolumu aydınlatacak fenerinin ışığında!

Haydi, dedim ve bir başka *Metaverse*'e daldık!

İşte Hanor, olanlar o zaman oldu... rezil oldum ben, rezil! Çaresiz kaldığımda, üzüldüğümde beni sen teselli eder, sakinleştirirdin. Birkaç sözcüğün kaldıysa dağarcığında, esirgeme... yardımına çok muhtacım.

Barışla Kal,
Mira

12.
HANOR

Merkez Şehir Devleti
Dünya Gezegeni
HUS. 121

Barışlar Olsun sevgili Mira,

Sen insansın. İnsanlar hata yapar, bunu hepimiz biliyoruz. Ruhlar yapar mı, onu bilemiyoruz ama Esrana da ruh olmadan önce insandı ve anlattıklarından çıkardığıma göre, Dünya'daki hayatını hatırlıyor. Demek ki, insanların hata yapabileceğini bizim gibi o da biliyor. Kim bilir o da hepimiz gibi ne hatalar yaptı yaşamı boyunca. Elbette seni bağışlayacaktır. Zaten olan olmuş, kendini böyle boş endişelerle yorup üzeceğine işine odaklan, duygusal enerjini düzeltemeyeceğin durumlar için harcama.

Barışla Kal.
Her zaman dostun,
Hanor

13.
ESRANA

Metaverse Komanos Şehri
(MS 2290)

Arka sokaklarında dolaşmakta olduğumuz bu kente hangi kapısından giriş yaptığımızı nedense bir türlü anlayamadığım için tedirgindim. Kitabı aramak maksadıyla girdiğimiz kentin bu yıllara isabet eden zaman diliminde, bu caddede ihtişamlı binalar, vitrinleri kaliteli eşyalarla, şık giysilerle dolu mağazalar, kitapçılar, plakçılar, sinemalar, tiyatrolar ve lokantalar olmalıydı. Oysa bulunduğumuz caddede uzun zamandır yürüdüğümüz halde görebildiğimiz sadece sonu gelmeyen bir çöplüktü. Yıkık dökük binaların pencere camları ya kırıktı ya hiç yoktu. Yerlerinden fırlamış kaldırım taşlarıyla, çukurlarla dolu sokaklarda rasgele atılmış çöpler küçük tepeler gibi yan yana dizilmiş, tek tük çöp bidonunun tepesine ise aç kediler tünemişti. Lağım ve çöp kokularına uzun süredir su yüzü görmemiş insanların yaydığı kokular da karışıyordu. Sırtlarını çöp bidonlarına dayamış kaldırımda uzanan evsizlerin yüzlerindeki ve ellerindeki yaralara sinekler, böcekler üşüşmüştü ve ne tuhaftır ki hiçbiri bundan rahatsız gibi görünmüyordu. Durumu kanıksadıklarına göre belli ki yaralara neden olan bir bulaşıcı deri hastalığı vurmuştu kenti ama kimsede devaya ulaşmak için güç kalmamış gibiydi. Yaşamdan vazgeçmiş, kendilerini kaderlerine terk etmiş, paçavraların arasından görünen yerleri cerahatli çıbanlarla dolu insanların arasından geçiyorduk Mira ile.

Sıskalıktan kemikleri sayılan bir genç kadın kucağındaki bebeğin yüzündeki yaraları yalarken, bir ihtiyar adam da kolundaki yarayı kemirmeye çalışıyordu. Derken, bir köşeden sadece memeleri değil, derisi de torba gibi sarkmış, beyaz seyrek saçları beline kadar uzamış yarı çıplak bir yaşlı kadın belirdi, duvar dibinde yarasını kemirmekte olan ihtiyar adama yaklaştı ve cinsel ilişki teklifinde bulundu. Karşılığında adamın cebinden ucu görünen ekmekten bir ısırık istiyordu. Adam kabul etmeyince itişip kakışmaya başladılar. Tam o sırada bebeğinin yüzündeki yaraları yalamakta olan anne, bebeği yere bırakıp ok gibi fırladı, ihtiyarların çekiştirdiği ekmeği kaptı, tümünü ağzına tıktı ve anında boğulacak gibi öğürmeye ve öksürmeye başladı. Ben kadının boğulacağını zannederken, o ağzına zar zor sığdırdığı ekmeği herhalde çok alışık olduğu bir dil hamlesiyle halletti, iki yana uzamış yanakları normale dönünce birkaç kere yutkundu, sonra da yere bıraktığı bebeği kucaklayıp koşarak uzaklaştı. İki ihtiyar ekmeğin aşırıldığını bile fark etmemişler, hâlâ birbirlerinin saçlarını çekiştiriyorlardı.

Az ilerideki duvar dibinde ise uyuşturucunun etkisinde birbirlerinin üzerine yığılarak kendinden geçmiş, yüzlerinde böceklerin dolaştığı kadınlı erkekli bir başka gurup vardı. Belki de ölmüşlerdi.

Biraz daha yürüdük. Sokaklar bir lokma yiyecek için kendini pazarlamaya çalışan, yüzleri, elleri, kolları yaralarla kaplı her yaştan ve cinsten insanla doluydu.

Akşamüstüne rastlamış olmalıydık ki, gecenin karanlığı kısa bir süre sonra sefaleti, perişanlığı ve fuhuşu örtmek istercesine kentin üzerine aniden kalın bir örtü gibi indi. Sokak lambaları yanmadığı gibi pencerelerden ışıklar da yansımadı, vitrinler de aydınlanmadı.

Oysa çocukluğumda ve gençlik yıllarımda Amerikalı kuzenlerimi her ziyarete geldiğimde defalarca geçtiğim bu cadde gündüzleri hep çok hareketli, geceleri ise ışıl ışıl olurdu.

Ne değişmişti ki bu kentte şimdi hastalık, açlık ve sefaletin yanı sıra bir de insan onurunu zedeleyen bir ahlaksızlık kol geziyordu?

Dünyayı mahveden Nutregon Savaşı, yani Fekalet Savaşı henüz patlamamış olduğuna göre bu duruma ne sebep olabilirdi?

Yoksa bizi Metaverse'te yanlış ülkeye veya zamana mı geçirmişti benim algılayamadığım kokuya dayanabilmek için burnunu elleriyle kapatmış, ara sıra öğürerek biraz önümde yürüyen Mira?

"Sanırım doğru yerde ve zamanda değiliz," dedim.

"Nasıl olur! Daha önce hiç böyle bir hata yapmadım!"

"Ben Dünya'dayken hata yapana, üzülmemesi için bir nevi teselli mükafatı gibi, *her insan hata yapabilir* anlamına *insanlık hali* denirdi. Sanırım bu sefer de sen bir hata yaptın çünkü şu gördüklerimiz Nutregon Savaşı'nın sonrasına ait görüntüler olmalı, biz kesinlikle MS 2015-2019 yılları arasında değiliz, Mira," diye ısrar ettim.

"Emin misin Esrana?"

"Çok eminim. İki binli yılların ilk çeyreğinde defalarca geldim bu kente. Kuzenlerimin diploma törenleri, düğünleri ve bir keresinde de aralarından birinin zamansız cenazesi için ziyaret ettim burayı. Benim yaşadığım dönemde, bu şehrin sokaklarında sefalet, açlık, pislik ve kavga dövüş elbette vardı ama böyle bir manzara yoktu. Ya yanlış şehirdeyiz ya da yanlış zamanda."

Elleriyle yüzünü kapatan Mira'nın "Ben şimdi Şefime ne diyeceğim," dediğini duydum.

"Şefine söylemen şart mı?"

"Şart! Biz yalan söyleyemeyiz."

"Yalan söyle demedim ki Mira, hiçbir şey söylemesen olmaz mı? Haydi hemen çıkalım buradan, doğru mekâna ve zamana girelim."

"Ben nasıl yaptım bu hatayı, hiç anlayamıyorum."

"Hiç hata yapmasaydın şimdi burada değil, bir başka katta olurdun."

"Nasıl bir katta?"

"Hatasızların katında ama sizin Dünya gezegeninde böyle bir sınıflama yok."

"Demek katlar var sizin tarafta! Sen hangi kattasın ve ben hangi katta olurdum?"

"Ben sana bu konuda bilgi verme hakkına sahip değilim, zamanı gelince nasılsa öğreneceksin, bilmen gerektiği kadarını da biliyorsun zaten."

"Bari ne bildiğimi söyle... ısrarla soruyorum, neymiş o bildiğim?"

"Her canlının ölümlü olduğu! Haydi şimdi gereksiz konuşmaları bırakıp işimize bakalım Mira. Çıkalım buradan ve iki binli yılların ilk çeyreğinde kitabı aramamız gereken mekâna ve zamana gidelim."

Mira boynunu büktü, "Bundan böyle daha tedbirli davranıp çıkışı bulmak için pusulama bakacağım," dedi ve ince uzun yüzükparmağını avucunun içine bastırdı, avucunda beliren haritaya bakarak yönünü tayin etti.

Eğer ortalıkta pervasızca fuhuş yapmıyor, bir lokma kuru ekmek için kendilerini satmıyorlarsa, insanların kediler köpeklerle birlikte deştikleri çöp yığınlarına yaslanarak, gövdelerinde farelerle böcekler dolaşırken kâbuslu uykulara daldıkları, lağımların açıkta aktığı pislik içindeki sokaklardan geçerek çıkışa ulaştık. Dünyadayken çok yoksul insanların yaşadığı kıtada açlığın, çaresizliğin tepe noktasına şahit olduğumu zanneden ben, gördüklerim karşısında şaşkındım. Uzun çalışma hayatımın geçtiği o ülkede hastalıklarla mücadele ederken, en azından Mira'nın bizi yanlışlıkla soktuğu şehrin sokaklarındaki fuhuş tablosu ile sınanmadığım için şanslı olduğumu düşündüm.

Metaverse'e girerken dikkat etmemiştim ama dışarı çıkarken dönüp kapıya baktım ve hemen anladım durumu: Mira bizi 2015-2019 yılları arasının New York'u yerine, Nutregon Savaşı ertesinin Kovamos şehrine sokmuş yanlışlıkla.

Yüzüne vurmadım hatasını, o bir robot değil ki, insandı alt tarafı, hata yaparak öğrenecekti dikkatli olmayı. Nedense çok sevdim bu kızı... soyumdan gelmesinin hiçbir önemi yok, demiştim ama hatasını anlayışla karşılayabilmemden belli oldu ona ayrıcalıklı davrandığım.

O kendi dünyasında dürüst olmayı ilke edinmiş olabilirdi ama bizler de kendi âlemimizde sınavı geçmek için zaaflarımızla yüzleşmek zorundaydık; bu yüzden Mira'nın soyumdan indiğine artık inandığımı ve görevini başarıyla tamamlayabilmesi için ondan yardımlarımı esirgemeyeceğimi kabullendim. Herhalde nesebi kuzenlerimden birinin soyundan yürümüştü... ya da... Yok hayır, hayır... düşünmek bile istemiyordum diğer ihtimali!

İstemiyordum ama kafamdan da silip atamıyorum... Ya öyleyse... ya yaşadıysa oğlum!

Mira'nın sesiyle kendime geldim:

"Bu yanlışlık için çok özür dilerim Esrana," diyordu kız, "son günlerde baskı altındaydım, kafam iyice karışmış olmalı, ilk kez böyle bir hata yaptım, gerçekten çok özür dilerim."

"Hata yapmak insanlar için Mira," dedim, "kaldı ki insan yapımı oldukları için ilk seri robotlarda bile hatalara rastlanabiliyor."

"Ben bir görevdeyim, hata yapmamam gerekiyordu."

"Ben de hayattayken çok hata yapmıştım... hem de ne hatalar! Demin çok üzücü sahnelere şahit olduk, sen şimdi git biraz dinlen, kendine gelince seslen bana, merak etme, sana yardımcı olmak için elimden geleni yapacağım."

"Bir deneme daha yapmayalım mı?"

"Yapmayalım."

"Herhalde gördüklerimiz üzerinde düşünmek istiyorsun..."

"Düşünmek değil yalnız kalmak ve dinlenmek istiyorum."

"Benim yüzümden çok yoruldun. Özür dilerim Esrana."

"Mira, *bir şey olduysa iyidir, bir şey olmadıysa yine iyidir,* demiş bir bilge, demek ki bir bildiği vardı. Haydi, git dinlen artık."

Mira'nın beni bırakmasını istiyordum ama o gitmekle kalmak arasında tereddüt ediyordu.

Özür dileyip durma Mira, benim de kendimle kalmaya ihtiyacım var, bir an önce git başımdan ki, ben ne az önce şahit olduklarımı ne de o korkunç deprem sonrasının karanlık günlerini düşüneyim. Beni çok kısa bir süre için de olsa dünyadaki hayatımın ışığı olan yavruma kavuşturan o iki günü ve geceyi hatırlayayım sadece. O iki gün ve gecenin anısıyla mutlu olayım. Yeniden yaşayayım o iki gün ve geceyi ve sana bir ara sözünü ettiğim hatalarımın en büyüğü ile yüzleşeyim.

Sanırım yalnız kalmak istediğimi anladı sonunda... gitti. Ben de zihnimin hatıralar defterindeki o korkunç deprem gecesine döndüm.

14.
MİRA

Merkez Şehir Devleti
Dünya Gezegeni
HUS. 121

Çıktım *Metaverse*'ten.

Artık Esrana'nın varlığını hissedemiyordum. O gitti ama Komanos şehrinde gördüğümüz o korkunç sahneler gözlerimin önünden bir türlü gitmek bilmiyordu.

Esrana'yı yanlış bir kente ve zamana sokmuş olduğum için duyduğum utanç da cabasıydı.

Bu yanlışlığa nasıl düştüğümü hiç anlayamıyordum.

Binlerce kez girip çıktığım *Metaverse*'te en hata yapmamam gerektiği zamanda gelip bulmuştu beni aksilik.

Hayıflanıp dururken can havliyle başvurduğum Hanor'un mesajı geldi.

Tam da tahmin ettiğim gibi yine beni teselli edecek doğru sözleri bulmuştu: *Hata yapmak insanlara mahsustu ve ben de bir insandım sonuçta...*

Hem de çok yorgun bir insandım!

Esrana da beni benzeri sözlerle teselli ettiği için Hanor bir kere daha tam isabet kaydetmişti.

Yaptığım hatanın yanı sıra bir de Hanor'un kıymetini bilemediğime de mi yanaydım şimdi?

Saçmalama Mira, dedim kendime, Hanor Dünyamıza ait! Ben aynen onun dediği gibi sadece *Müphem Alan*'a, kendi görev mekânıma odaklanmalıyım... yani Esrana'ya!

Esrana, ısrarla onun soyundan inmediğimi söylüyordu ama ben yine de onu çok sevmiştim. Onun da beni benimsediğini hissediyordum ve bu yüzden ona, aramızdaki büyük zaman farkına karşın çabucak kaynaşmamızda, aynı soydan gelmemizin rolü olmalı demek istiyordum. Hatta buna emindim de onu tedirgin etmemek adına bu konuya hiç girmemiştim çünkü başarıya ulaşmakta temasa geçtiğimiz ruhlarla uyum sağlamanın payı çok büyüktür.

İyi ki ısrarcı olmamışım; Esrana onu yanlış zamanlara ve kentlere yönlendiren budala bir kızın atası olmak herhalde istemezdi.

Bir başka sıkıntım da artık içine sık düşmeye başladığım açmazdaydı... ki bu endişemi Hanor'la bile paylaşamamıştım. Beni görevden çekmesin diye yanlış *Metaverse*'e girdiğimi Radin'den saklamakla doğruyu söylemek arasında bir kere daha kararsız kalmıştım. Başlangıçta bu görevi istemeyen ben değilmişim gibi, şimdi de görevimden alınacağım diye ödüm patlıyordu. Yeter ama hayat, bir insanın üzerine de bu kadar da gelinmez ki!

Toparladım kendimi ve Radin'e yollayacağım rapora ne yazayım diye düşünmeye başladım. Aklıma bir fikir geldi, ona yanlış *Metaverse*'e girdiğimi söyleyecektim ama şu cümleyi de ilave ederek: *Yolumuza çıkan her engelin veya yaptığımız her hatanın illa bize hayrı dokunacak bir yönü vardır Şefim, dilerim ben de hatamdan gereğince yararlanmayı başarırım.*

Cümleyi kafamda kurduğum an içime bir tatlı bir sıcaklık yayıldı... Bu fikri bana Esrana ilham etmiş olmasın!

Yüreğimdeki kuşku uzun sürmedi, Esrana'nın bana yardım edeceğini bütün hücrelerimde hissettim. O bilmese de kesinlikle onun soyundan geliyordum, yoksa iki yıl boyunca çok yavaş dönen çark neden birdenbire yeni sezgi kanalları açsındı ki önüme! Ve neden başvurduğum diğer ruhlar beni illa ona yönlendirsinlerdi ki!

İçim rahat etti, Şefime kısa mesajımı düşünce kanalıyla yolladım:

"*Barışlar Olsun değerli Şefim, Esrana ile iletişim kurabilmeme rağmen işim çok zor ve bu yüzden bazı hatalarım olabiliyor ama inanın hatalarımdan da öğreniyorum. Siz bana güveninizi yitirmediğiniz sürece zor görevimi alnımın akıyla tamamlayacağıma inancım büyük. Gelişmeleri bildirmeye devam edeceğim. Barışla Kalın... Mira*"

Radin'in yanıtı da düşünce yoluyla geldi:

"*Hatalarından öğren fakat sakın hataları alışkanlık haline getirme, Mira.*"

Hatalarım alışkanlık haline gelmeyecekti çünkü Esrana ile bir sonraki buluşmamızda, onun da benden bir isteği olduğunu öğrenecektim. Bundan böyle her ikimiz de birbirimizi mutlu kılmak için elimizden geleni yapmak durumundaydık.

15.
ESRANA

Müphem Alan

∞

Ah, nasıl kolayca inanmışım bebeğimin depremde öldüğüne! Nasıl hemen kabullenebilmişim! Her bir hastaneyi ve tüm yaralı çadırlarını aramakla yetinmeyip kurtarma ekiplerinin her bir ferdine teker teker sormalıydım, yeri göğü birbirine katmalıydım... Asla pes etmemeliydim. Umut kalmadı, demişlerdi, artık göçük altında kalanlara bir hayrımız dokunamaz, hele ki o yaşta bir bebeğe! Yıkılmış evler, sokaklar hastaneler yaralı doluydu, sadece okullara değil, meydanlara dahi seyyar yataklar serilmişti, her köşede yaraları sarılacak, hayata döndürülecek binlerce insan ve çocuk!

Ah kendinden başka herkese hayrı dokunan benim görev aşkım!

Yavrumun acısını unutmak, hayata tutunabilmek için görevimin başına dönmüştüm. Günlerce uyumadan, dinlenmeden çalışmıştım çünkü çalışırken, yaraları sararken, kırık kemikleri askıya alırken düşünemiyordum. Düşünebilsem çıldırırdım.

Ama şimdi düşünmek istiyorum.

Yoksulluğun, çaresizliğin koyu bir sis gibi her yanı sardığı o perişan ülkede özellikle çocuklara çare olmak için sekiz aydan beri deli gibi çalışıyordum. Hemşire beni başhekimin odasına çağırdığında yine çocukların koğuşunda, yüksek ateşli bir küçük kızın başındaydım.

"Sizi Türk Konsolosluğu'ndan aramışlar... telefonda biri sizi soruyormuş," demişti.

Eyvah, diye geçirmiştim içimden, anneanneme mi bir şey oldu!

Koşturarak Başhekim'in odasına gittim. Başhekim'in yüzünde kötü haber aldığına dair bir ifade yoktu ama yine de kalbim ağzımda aldım bana uzattığı telefonu, sesim titreyerek "Alo," dedim.

"Alo Esra... Ben Vural," dedi çok iyi tanıdığım o ses.

"Aaa! Vural Komiser! Şey... Başkomiser..."

"Bir soruşturma nedeniyle iki gün için buradayım, seni görmeden dönmek istemedim. Akşam yemeğini birlikte yiyelim mi Esra?"

"Elbette yeriz de beni nasıl buldunuz Vural Komiser? Pardon, Başkomiser. Ağzım komiser demeye alışmış..."

"İstihbaratçı olduğumu ne çabuk unuttun Esra, ayrıca artık başkomiser de değilim. Bölüm başkanı sıfatıyla arıyorum seni."

"Kutlarım komiseri... pardon, başkanım mı desem?"

"Sadece Vural desen..."

Bir sessizlik oldu aramızda, sonra yine onun sorusu geldi, "E, ne diyorsun, müsait misin işten sonra? Birlikte bir yemek yiyelim mi?"

"Aşk olsun! İşim olsa bile iptal ederdim. Hangi oteldesiniz?"

Ne aptalca soruydu, sanki sürüyle otel varmış gibi... Söyledi.

"O otelin lokantası iyidir. Lobide buluşalım, sonra lokantaya geçeriz. Kaçta biter işiniz?"

"Toplantım akşam altıda bitecek. Saat yedide ise konsolosluk-ta yarım saati geçmeyecek bir görüşmem var, sekizi çeyrek geçe otelin lobisinde olurum."

Tipik Vural! Eğer bir kazaya uğramadıysa İsviçre treni gibi tam saatinde otelde olacaktır beni ürküten dakikliğiyle, diye düşünürken mutluydum, yüzümde kocaman bir gülümseme vardı. Çok özlediğim ülkemden bir ses duydum diye mi yoksa ara sıra aklıma düştüğünde yüreğime ince bir pişmanlık duygusu yerleştiren o mahzun bakışlı genç adamla tekrar buluşacağım için mi?

Her iki olayda da aptallık derecesine varan yardımseverliğim yüzünden düştüğüm ölümcül açmazlardan beni, kariyerine zarar verme riskini göze alarak, tereyağıdan kıl çeker gibi çıkaran, bir değil iki kez hayatımı borçlu olduğum Vural Komiser bölüm başkanı olmuştu. Çok daha yüksek mevkilere gel çünkü her terfiye layıksın sen, diye düşünürken yakaladım kendimi.

Yüreğimde ince bir sızı vardı... evet pişmandım, bana olan sevgisini görmezden geldiğim için.

Aynı akşam kaldığı ve şehrin yemek yiyebileceğimiz yegâne otel lokantasında buluştuk. Yemekte hayatımın onun sayesinde çözülen kördüğümünü anımsarken, içtiğim bir bardak şaraptan değil, anıların ve duyguların yoğunluğundan sarhoştan da beter olmuştum.

Yemek boyunca süren sohbetimizde geriye doğru akarken gençlik hatalarım tokat gibi yüzüme çarpmış, yormuştu beni.

Beni Vural Komiser'le tanıştıran olaylar zinciri Mardin'de başlamıştı.

Suriye'de, savaşta haber takip ederken yaralanan savaş fotoğrafçısı sevgilimin Mardin'deki devlet hastanesine nakledildiğini öğrendiğim an, gireceğim son sınavı bile görmemişti gözüm. Hemen Mardin'deki hastaneye koşmuştum. İlk büyük hatam buydu.

Gencecik bir stajyer doktordum, doktor eksikliği çeken hastanede sevgilime yardımcı olmanın yanında ek görevler de üslenmiş, koşturup duruyordum ki, alçılar içindeki sevgilim bana çok önemli olduğunu belirttiği bir çip verdi, onu hemen İstanbul'a götürmemi ve evime gelecek filanca şahsa vermemi söyledi. Çipin içinde güya savaşla ilgili çok önemli bilgi ve fotoğraflar vardı; asla başka birinin eline geçmemeliydi. Ona veya diğer hastalara yardım etmemden çok daha önemliydi benden istediği, vatan göreviydi ve çok acildi. Kendi götüremediğine göre çok güvendiği birine, yani ancak bana devrediyordu bu işi.

İçinde nasıl bir bilgi bulunduğunu bilmediğim çipi götürmeye kalkışmam ikinci büyük hatamdı.

Çipi kaybolmasın, bulunmasın ama uçağa binerken öterse mazeretim olsun diye cep kenarları zımbalı deri montumun astarına dikmiştim. İstanbul'a giden uçağa binerken takip edildiğim hissine kapılmış, uçaktan iner inmez koşmuş, kalkmak üzere olan havayolu otobüsüne son dakikada, kapılar kapanırken, son yolcu olarak binmiştim. Son durakta durması gereken otobüsü şoföre yalvararak Pera'daki evime yakın bir noktada durdurup inmiş, bir ara sokakta evime doğru koşar adım yürüyordum ki, peşimde birilerinin olduğunu fark ettim. Hızla karşı kaldırıma geçip ters istikamete koştum, trafiğin aktığı anacaddede karşı tarafa geçip izimi kaybettirmek için caddeye fırladım ve gümmmmm!

Hayatla son bağlantım işte bu sesti... Gerisi yoktu bende! Çok çok uzun bir zaman yoktu hem de!

Bir klinikte uyandığımda alçılar, sargılar içindeydim. Hiçbir şey hatırlamıyordum... adımı bile. Hastanede benimle meşgul olan doktorlarla hemşireler ve sorguya gelen polisler kim olduğumu uzun süre bilemediler, çünkü çantam ve küçük valizim kaza anında çalınmıştı. Hızla gelen arabaya kafamla çarptığım için, başımda kocaman bir şiş ve buz torbaları vardı, yüzüm önce sargılardan, sonra da morluklardan dolayı tanınmaz haldeydi. Tuhaf olan, hiç kimsenin uzun süre ben yaşlarda doktor adayı genç bir kadının kaybolduğu bilgisiyle karakollara başvurmamış olmasıydı. Kısacası acınası bir hastaydım, kimsesiz ve hafızasız.

Benim vakama bakan komiserin adı Vural'dı. O ve doktorum sabırla hafızama kavuşmamı beklediler fakat yaralarım iyileşip kemiklerim kaynadıktan sonra dahi hiçbir şey hatırlamıyordum. İşte o ıstıraplı dönemde doktorumun yanı sıra tek dostum Komiser Vural oldu. Taburcu olduğumda doktorum beni özel bir psikiyatri kliniği olan bir meslektaşının bakımevine taşırken, Vural dosyamı açık tuttu ve gelişmemi takip etti.

Ben parça pürçük bir şeyler hatırlamaya başladığımda dehşete düşmüştüm; çipin peşinde olanlar izimi sürdülerse hayatım tehlikedeydi ve beni buldukları anda... düşünmek bile istemedim sonucu.

Çipte ne olduğunu bilmiyordum ama sevgilimin bilerek beni çok tehlikeli bir oyuna soktuğu açıktı artık. Hatırlamayı başardığım an çeşitli tehlikelerle karşı karşıya kalacağım için belleğime kavuşmamam gerektiğini de biliyordum.

Ya ailem? Neden bunca zamandır aramamışlardı beni?

Tüm bu soruların, nedenlerin, nasılların çok mantıklı yanıtları varmış aslında.

Ama ben aileme kavuşana dek, içinde bulunduğum tehlikeyi anlayan ve anlattığım kadarına inanan Vural Komiser, beni korumak için elinden geleni yapmıştı.

İyileştikten, aileme ve işime döndükten bir buçuk yıl sonra yine istemeden bulaştığım inanılmaz bir kaza yüzünden aynı çetenin eline düştüğümü sandığımda, hemen Vural Komiser'i aramıştım. Aynı gün bulunduğum tatil kasabasına bana yardım etmek için ışınlanmıştı sanki. Peşimdekileri bulana kadar, beni tehlikeden uzak tutmak için sahte pasaportla yurtdışına yollamış, yine hayatımı kolaylaştırmış, beni ülkeme, kazaya sebep olan kişiyi yakaladıktan sonra geri getirmişti. Ona ayrılırken teşekkür etmiş ve bu seni *son* rahatsız edişim Vural Komiser, demiştim, üstüne basarak. Bana olan zaafının farkındaydım ama hınzırca görmezden geliyordum. Kim bilir belki de naz ediyor, ısrar bekliyordum... şımarık ben!

Sonra hayat beni dünyanın en fedakâr doktorlarının çalıştığı coğrafyaya savurdu. O coğrafyada şımarıklığa, kaprise, naza geçit yoktu. Aşka ise hiç zaman yoktu.

O akşam yemekteki sohbetimizde hayatımın onun sayesinde çözülen kördüğümünü anımsarken, ben anıların ve duyguların yoğunluğundan sarhoştan beter olmuştum. Ne çok anımız birikmişti, ne çok lafımız vardı konuşacak... bir de anadilimde konuşuyor olmanın keyfi... yemek faslı hiç bitmesin istiyordum.

Yemeğin sonunda beni taksiyle kaldığım lojmanımın önüne getirdi. Taksiyi savdı ve içeri girmemi bekledi.

"Taksiyi yollamasaydın keşke," dedim.

"Yürümek istiyorum, otelim çok uzak değil," dedi.

"İyi ki aradın beni Vural. Teşekkür ederim, çok güzel bir akşamdı... Ne çok özlemişim memleketimi... seninle sohbeti... seni..."

Ben binanın kapısını açmak için anahtarı çevirirken, onu içeri kahveye çağırdığım taktirde arada heba edilen yılların acısını çıkaracağımızdan emindim ama ertesi gün ilk kez işimden mazeret bildirerek izin alacağımı, Vural'ın iki saat süren randevusunun dışında tüm günü ve son geceyi küçücük evimde, bunca bastırılmış, biriktirilmiş duygu, arzu ve özlem patlaması içinde yaşayacağımızı bilemez, hele bir de meyvesi olabileceğini asla tahmin edemezdim.

İkinci günün sonunda ayrılırken, Vural, birlikte dönmemiz ya da en kısa zamanda istifa edip yurda dönmem için çok ısrar etti. Her tatilde gelirim, her fırsatta görüşürüz, dedim; ben bir doktordum, umutlarını bana bağlamış çocukları nasıl bir anda bırakabilirdim? Kaldı ki İstanbul'da hastaneler kapılarını açmış, beni beklemiyordu.

Yüzündeki hayal kırıklığını hiç unutmayacağım. Ona yaşattığım kaçıncı hayal kırıklığıydı bu! Çok yoğun yaşanmış iki günden sonra beklediği yanıt kesinlikle bu değildi ve benden o an vazgeçmiş olmalı ki bir daha aramadı Vural, attığım mesajlara da yanıt vermedi.

Hamile olduğumu fark ettiğimde bu kez de ben hem kırgın hem de kızgındım Vural'a. Ona ne hamileliğimi ne oğlumun doğumunu haber verdim.

Çocuğumu babası varken babasız büyütmenin saçmalığı kafama nihayet dank ettiğinde Varol yedinci ayına yeni girmişti.

Vural'ı cep telefonumu yine açmazsa cesaretim kırılmasın diye çalışma saatlerine denk düşürerek işyerindeki telefondan aradım. Şehir dışındaymış. Bu kez kendi telefonuna uzun bir mesaj yolladım, bayram tatilinde İstanbul'a geleceğimi, ona bir sürprizim olduğunu yazdım. Kısa bir cevap geldi: *"İstanbul'a geleceğin tarihi bildir, iş için şehir dışında değilsem mutlaka görüşürüz."*

Anladım, çok incinmiş ve henüz bağışlamamıştı beni ama öyle bir armağanla gidiyordum ki, kırgınlığını bir anda unutacaktı, bizi bağrına basacaktı, oğlumuzun birinci yaşını birlikte kutlayacaktık ve ben bundan böyle hep onun yanında kalacaktım... eğer o lanet deprem olmasaydı!

16.
ESRANA

Müphem Alan

∞

Dayanamadım, hayat hikâyemi anlattım Mira'ya.

Tek ve biricik oğlum yaşadıysa nerede ve hangi şartlarda yaşamıştı, bunu bilmek istiyordum. Bana bu konuda yardımcı olursa, ben de onun soyumdan indiğine ikna olacak, onun için elimden geleni yapacaktım.

2022 yılında Elsa Esra Atalay Solmaz'dan doğma Varol isimli erkek çocuğunu, adını vereceğim şehirlerde aramasını istedim ondan. Doğumumda nüfus kâğıdıma işlenen uzun adımı zaman içinde mahkeme kararıyla kısaltmış, Esrana Solmaz olarak kalmıştım ama ne olur ne olmaz diye ilk kimliğimi tanımlayan uzun adımı da verdim Mira'ya.

"Ama biz şu anda Dünya gezegeninde bambaşka bir takvimdeyiz. Yüzlerce yılı aşkın bir tarihin arşivlerini araştırıp bulmak... nasıl olacak bu iş? Sadece nüfus belgeleri değil, tüm belgeler o korkunç son savaş sırasında kül olmuş. Kayıtlar bilgisayarlardan silinmiş. Sıfırlanmışız adeta! Sen kendi tarafında arasan oğlunu, belki daha çabuk bulurdun," dedi Mira.

Hem haklı hem haksızdı.

"Bak Mira, kendin anlattın beni nasıl bulduğunu. Madem Sono Deşifrelerin çözdüğü ses kayıtları sayesinde akrabalar olarak eşleşmişiz ve sen beni aradaki yüzyıllara rağmen bulabildin... pardon, benim büyükannelerimi buldun ve onlar seni bana yönlendirdiler, öyle değil mi?"

"Evet, aynen öyle oldu."

"Aynı metodu kullanarak oğlumun nerelerde yaşamış olduğunu bul bana. Depremde ölmediyse kim çalmış onu benden? Nasıl ve neden çalmış?"

"Esrana, seni mutlu etmeyi çok isterim ama depremde ölmeyip çalındıysa dünyanın hangi ülkesinde yaşamış olduğunu bilmediğimiz birinin sesini aramak, sen de takdir edersin ki, çok zor, hatta olanaksız. Çocuğunu Ruhlar Âleminde senin arayıp bulman daha kolay değil mi? Hem hikâyesini de kendi ağzından dinlerdin."

Hemen yanıtlamadım bunu. Kendi açısından haklıydı ama ben Mira'ya anlatamazdım ki bulunduğum âlemin yasalarını ve yasaklarını! Bunu yapabilmem mümkün değildi, nedenini asla açıklayamazdım; sınırlarımızın dışına bilgi vermekle büyük suç işlemiş olurdum!

"Mira, benim bu bilgiye kendi tarafımda erişme imkânım olsa senden yardım istemezdim," dedim, "bizim de birtakım kurallarımız, şartlarımız var. Hem sen değil miydin benim soyumdan indiğini söyleyen; depremde öldüğünü sandığım yavrumun yaşadığını bana ispatla ki, sana inanayım ve senin için elimden geleni yapayım."

"Sen neden bana hâlâ inanmıyorsun Esrana? Bak, oğlunun yaşamış olma ihtimali de var artık, yani soyun ondan yürümüş olabilir."

Kalbini kırmak istemediğim için, aramızda hiçbir fiziki benzerlik bulamadım ve ayrıca oğlumun yaşamış olabileceğini de yeni öğrendim, diyemedim bu saçsız, kaşsız, kirpiksiz ve dişsiz kıza. Sadece narin bedeni ve ince parmakları bana anneannemi hatırlatıyordu hayal meyal.

Dünya yüzünde herhalde çok güzel bir kızdı, tıpkı Dünya'dayken benim, annemin ve büyükannemin kendi gençlik yıllarımızda olduğumuz gibi. Ama herhalde o da bizleri en güzel halimizle dahi görebileydi, omuzlarımıza inen saçlarımızla, güldüğümüzde en az yirmisi meydanda dişlerimizle, tıpkı atlar gibi yeleli ve dişlek görünürdük gözüne. Belki de ürkerdi görüntümüzden.

"Ben sana oğlunuzun depremden kurtulup yaşadığına dair bilgi getirirsem formülün yazılı olduğu kutsal kitabı bulacak mısın?"

"Söz!"

"Tamam o zaman," dedi, "Bugün formülü birlikte aramaya devam edelim, yarın da ben kendi tarafımda senin için elimden geleni yapmaya çalışırım."

Ben onun düşüncelerini okuyabiliyordum; son savaş, yani Nutregon Gazı Savaşı sürerken çıkan yangınlarda arşivler kül olmuş, tüm bilgisayar kayıtları silinmiş, bilgiye erişmem mümkün değil, diye düşünüyor ve beni oyalama yoluna gidiyordu.

"Mira, ben düşüncelerini okuyabiliyorum," dedim, "bana karşı dürüst ol!"

"Maksadım seni üzmek değil Esrana ama benden imkânsızı istiyorsun," diye yanıtladı.

"İmkânsız diye bir şey yok! Bana hangi yolla ulaştınsa o yolu dene. Oğlumun yaşadığı yıllardaki ses kayıtlarını ya da babasının konuşmalarını buldurursan bir ipucuna ulaşabilirsin belki."

"Elimden geleni yapacağım ama kesin söz vermiyorum," dedi.

Mira'nın soyumdan indiğine işte o an emin oldum, o da benim gibi yalan söyleyemiyordu.

"Anlaştık," dedim, "ama sen de en azından elinden geleni yap."

Bu kez Tozkoparan tarafındaki antikacıları taramak üzere birlikte doğru zamana ve mekâna girerken, o hisseti mi bilmiyorum, elini sımsıkı tutuyordum. Birbirine pararel uzanan sokaklardaki her antikacıya, sahafa, hatta eskici dükkânına girdik, bakındık ve heyhat yine elimiz boş çıktık.

17.
MİRA

Merkez Şehir Devleti
Dünya Gezegeni
HUS. 121

Barışlar Olsun sevgili Hanor,

Sana içimi dökmek çok iyi gelmişti ama sonra düşündüm ki işin başından aşkın, benim dertlerimle uğraşmaya vaktin yok. Senden bir karşılık gelmeyince, seninle bir daha ilişki kurmaya çekindim ama bak yine yazıyorum işte çünkü şu anda ancak sen yardım edebilirsin bana... İnan ki yardımına çok ihtiyacım olmasa seni asla rahatsız etmezdim. Diyeceksin ki, işin çıkınca mı aklına geliyor beni aramak. Hayır, hâlâ çok sık düşünüyorum seni. Ayrılık kararımızı sana danışmadan tek başıma aldığım için pişmanlık duyduğum da oldu ama bence sen de beni anlamaya çalışmadın... ya da yanlış anladın.

Ben hayatımızın sonuna kadar sürecek bir ilişkiye karar vermek için henüz çok genç olduğumuzu düşünmüştüm, bir de gözümü korkutan o bitmez tükenmez formaliteler, doktor kontrolleri, sürüyle testler vardı... tüm bunlara katlandıktan sonra, gen testinde örneğin, herhangi bir uyuşmazlık çıktığında boşa gidecek olan umutlu beklentinin, o duygusal enerjinin hayal kırıklığı... Korktum Hanor.

Duygularımı ifade edemediğim için affet beni. Ama sen de benim gibi dostluğumuzun ömür boyu devam etmesi gerektiğine inanıyorsan gerçekten yardımına ihtiyacım var. Önce bana nasıl yardım edebileceğini kısaca anlatayım, kabul edecek olursan, daha ayrıntılı yazarım.

Görevim, tahmin edeceğin gibi, Müphem Alan'la ilgili. Temasta bulunduğum Esrana adlı ruhtan bir bilgiye ulaşma konusunda yardım istiyorum. Karşılığında o da Dünyamızdan bir bilgi istiyor. Onun bana ulaştıracağı formül sayesinde bir türlü üstesinden gelemediğimiz Tayro virüsünün aşısını oluşturacağız. İnsanlık rahat bir nefes alacak. Yani Hanor, bana yardımı kabul ettiğin taktirde, kişisel başarıma değil, gezegenimiz için çok hayırlı bir işe imza atmış olacaksın.

(Hanor'un hemen avucumun içinde beliren mesajını okudum: Neden ben, diye soruyordu).

Çünkü sen Ses-Deşifre ekibinin başındaki kişisin. Ben senden MS 2025-2035 yılları arasında, belli şehirlerde polis teşkilatında görev yapmış bir erkeğin ses kayıtlarını bulmanı rica ediyorum. Kabul edersen adını ve diğer ayrıntıları da vereceğim. Tüm kalbimle kabul etmeni diliyorum çünkü bu bilgi karşılığımda gezegenimizin iyiliği için elzem olan formüle erişmem mümkün olacak. Dünyamızda sağlıklı yaşayabileceğiz.

Hanor, dostluğumuzun geçmişine dayanarak, senden ilk ve son kez yardım talep ediyorum. Sono ekibinin başında olmasan seni asla rahatsız etmezdim. Ve yine dostluğumuza dayanarak, yapsan da yapmasan da bu isteğimin aramızda kalmasını önemle rica ediyorum.

Olumlu ya da olumsuz yanıtını bir an önce gönder ki yolumu çizeyim.

Barışla Kal.
Seni her zaman seven arkadaşın
Mira.

Mesajımı okudum. *Seni seven arkadaşın*'ın önüne bir *çok* eklesem mi, eklemesem mi, diye kararsız kaldım. Yok, eklemeyeceğim, dedim; aptal bir insan değil Hanor, onu tavlamaya çalıştığımı hemen anlar. Kulaklarımın kızardığını hissettim, çünkü yapmakta olduğum şu anda tam da buydu! Yine de kendimi tutamadım, *arkadaşın* sözcüğünü sildim, *seni her zaman çok seven Mira* olarak düzelttim ifademi.

Doğruydu. Onu uzun zamandır gerçekten seviyordum ama koca Kozmos'ta Dünya'ya tıkılıp kalmayı kabul edemiyordu ruhum!

Utanarak söylüyorum işte, Hanor'da bir umut ışığı ateşleyebilmeyi çok istiyordum. Bana ondan başka kimse yardım edemezdi çünkü.

Yolladım mesajımı.

Bekledim.

Avucumdaki ışığı görünce kalbim duracak gibi oldu.

Barışlar Olsun sevgili Mira,

Sana yardımcı olmam için beni seçmen bile çok mutlu etti beni. Elbette işini kolaylaştırmak için elimden geleni yapacağım. Bana ayrıntılı bilgi ver.

Barışla Kal.
Her zaman sadık arkadaşın,
Hanor

Sevinçten havaya uçmak üzereydim.

İlk heyecan dalgası geçtikten sonra, düşünce kanalıyla Esrana'ya önce Dünya gezegeninde bana yardımcı olacak birine ulaştığım müjdesini veren mesajı yolladım ve tüm gerekli ayrıntıları bana bildirmesini istedim.

Bunun için buluşmamız gerekiyordu. O tarafta ne gibi bir işi olabilirse bir ruhun, Esrana meşguldü.

Dünya zamanıyla ancak ertesi gün bulaşabildik; tüm ayrıntıları hafızama kaydettim. Sonra bu bilgileri pek sevecen ve minnet duygularıyla dolu bir mesaj ile Hanor'a ilettim. Bana yapacağı bu iyilikten hiç ama hiç kimseye söz etmemesini bir kere daha önemle rica ettim.

Hanor verdiği yanıtta, istediğim bilgiyi o belli tarih ve mekânda çalışmalar yapmakta olan ekibe ilettiğini ve ayrıca benden hiç söz etmediğini de söylüyordu. Şimdi bana düşen sabırla ve umutla beklemekti.

Aynen dediğin gibi yapacağım, harikasın sen Hanor! Ve ne kadar da dikkatlisin, seslerimizin bir gün bizi ele verebileceğini öğrendiğimizden beri yazışıyor, yazdıklarımızı siliyoruz. Oysa asırlar önce atalarımız *söz uçar, yazı kalır* demiş. Zavallılar, nereden bileceklerdi asıl sözün, yani sesin kalıcı olduğunu... Tayro virüsünün hakkından geleceksek, sesin kalıcılığına borçlu olacağız bunu... bir de bana ve Hanor'a!

Acaba ilk adımı atarak sana bir şans daha mı versem Hanor?

Değer misin buna?

Belki de bu işi bitirince senin de fikrin değişir, Setta'ya birlikte gideriz... ama önce sonucu görelim!

Hanor'la yazışmalar bitince son bir işim kalmıştı. Onu da ihmal etmedim!

Barışlar Olsun değerli Şefim,

Çok önemli gelişmeler kaydediyorum. Henüz zaman vermek için erken ama elim boş dönmeyeceğim belli oldu. Formüle adım adım yaklaşmaktayım. Sizden ricam yine zaman ve sabır. Müphem Alan'da işlerin gezegenimizdekinden daha yavaş işlediğini siz de iyi bilirsiniz. Kurumsal bürokrasinin usullerini eski zamanların Dünyasından örnek aldığını düşünmeden edemiyorum. Zaman alacak belki ama size mutlaka güzel haberlerle döneceğim Şefim.

Barışla Kalın,
Mira

Okudum yazdıklarımı; sonra *kurumsal bürokrasinin eski zamanların Dünyasından örnek alındığı* kısmını sildim. Neydi bu gereksiz samimiyet! Mesajı Şefime yazıyordum, Hanor'a değil!

18.
ESRANA

Müphem Alan

∞

(Dünya zamanlaması ile 4 ay sonra)

Mira sözünü tuttu ve bana bütün bilgileri verdi.

Çocuğum yaşamış!

Adını, babasının adına benzesin diye Varol koyduğum bebeğim, o korkunç depremde yıkıntıların arasından canlı çıkarılmış ve toplanma alanına götürülmüş.

Ben o sırada bir hastanede alçılar içinde yatıyordum. Sağ kolum kırıktı, sol bacağım ve kaburgalarım ezilmişti. Boynuma uzun süre boyunluk takmak zorundaydım.

Yine de bebeğimin bulunamadığını duyunca, ilk fırsatta toparlanmış, çalıştığım hastanenin enkazında, bir tekerlikli sandalyede çalışanlara nezaret ederek oğlumu aramıştım.

Görev başındayken, sabah erkenden sağdığım sütümü üç ayrı biberona doldurur, bebeğimle birlikte hastanenin kreşindeki hemşireye bırakırdım. Deprem olduğunda koğuş ziyaretindeydim, bebeğim de kreşteydi. Umudumu yitirmeden sadece hastanede değil, hastanenin etrafındaki tüm yıkıntıların arasında da enkaz kaldırılana kadar aramıştım onu. Güneşin doğuşundan batışına kadar saatlerce, günlerce aramıştım... ta ki öldüğüne ikna olana kadar.

Meğer oğlum, bana çok kızgın olan bir bölge ülkesi konsolosu tarafından sahiplenilmiş, Türkiye'ye gönderilmiş ve babasına teslim edilmiş. Meğer ben yavrumu deli gibi ararken, erkek dayanışmasının şanlı bir örneğini veren bu konsolos, daha depremin ertesi günü oğlumu bulmuş, bir yüzünde minik bir mavi boncukla maşallah yazısı, diğer yüzünde ise adının ve soyadının baş harfleri bulunan, zıbınına iliştirilmiş madalyondan kimliğini tahmin edince, Türk Konsolosluğu'na hangi mazereti uydurduysa artık, Vural'ın telefon numarasına ulaşmış ve onunla irtibata geçmiş.

Ellerim kırılaydı da takmaz olaydım çocuğumun omzuna o madalyonu ama hastanedeki doktorların, hemşirelerin ve diğer çalışanlarının ortak hediyesiydi bu. Onların gönlü olsun diye hastaneye götürdüğüm günler iliştiriyordum nazarlığı bebeğimin omzuna.

Üzerinde adının baş harfleri olmasaydı... ah olmasaydı acaba başka türlü mü gelişirdi kaderi? Depremzede bebeklerin de toplandığı alanı ziyaret eden konsolosun dikkatini çekmeyebilirdi eğer omzunda maşallahlı, boncuklu, V.S. harfli madalyonu taşımasaydı... Acaba madalyonu gördüğü an mı çaktı kafasında onu aşağılayan kadından bu korkunç intikamı almak? O an mı aklına geldi bebeğin babasına ulaşmak?

Vural'a kan örneği mi yolladı, tükürük mü, bir tutam saç mı bilmiyorum ama sonuçta kanıtlanmış yavrumun babasının kimliği ve Varol bebeğim, ülkesine gönderilip babası Vural'a teslim edilmiş.

Konsolos neden yapmıştı bunu?

Sanmayın ki bu, hiçbir babaya böyle bir şey yapılmamalı tarzı bir erkek dayanışmasıydı; İslam inancına sahip bir adamın, kadının yeri kocasının, erkek çocuğun yeri de babasının yanı olmalı düşüncesi de değildi!

Benim kadın başımla, başımdan büyük işlere girişmiş olmam, bir erkekle nikâhsız sevişmem, hamileliğimi bebeğin babasından saklamış, doğan oğlumu kendi nüfusuma kendi soyadımla kaydettirmiş olmam dahi değildi!

Bana bu kötülüğü yapan adamın keşke erkeklerin nesebi erkek çocuklarından yürür diye bir saplantısı olaydı. Ya da keşke babasına çocuğunun doğumunu bildirmemeye hakkım olmadığı için bana çok kızgın olaydı.

Hatta depremin hemen sonrasında, harabeye dönmüş, kim kime dum duma, panik içindeki bu geri kalmış ülkede bu konsolos, deprem yıkıntılarından kurtarılmış, ana babası kayıp, kimsesiz bu bebeği kendi sahiplenmiş olaydı ondan bu kadar nefret etmezdim.

Bu saydıklarımın hiçbiri için değil, sırf intikam için yapmıştı bunu o konsolos!

Diplomatların ve yabancı ülkelerin değişik mesleklerdeki temsilcilerinin çağırıldığı davetlerin sofralarında, bacağını yanında oturan kadınların bacaklarına sürten, herhangi bir şeye uzanırken eli illa yanındaki kadınların göğsüne çarpan, dansa kaldırdığı kadınların kulaklarına soluyanların soyundan biriydi bu adam!

Özellikle Türk konsolosu beni sık çağırırdı davetlerine. Davetli sayısı azsa konsolosluk rezidansı kullanılırdı, kalabalıksak bir otelin balo salonu. Sofralarda oturma yerlerimiz belirlendiğinden, Türk konsolosunun yakın arkadaş olduğum eşinden rica etmiştim beni bu adamın yanına oturtmamasını.

"Bu sadece senin değil, pek çok kadının şikâyeti," demişti, "yanına oturtacak kadın bulmakta zorlanıyorum."

Kendi karısını oturtsa ya!

Eşini davetlere getirmediği için bu mümkün değilmiş!

Neyse ki bu davetlerde erkek sayısı kadınlara göre çok daha fazla olurdu ve bu, onun yanına düşme ihtimalini azaltırdı.

Bu adamla son görüşmemizde, otelde verilen bir resepsiyondaydık. Yanıma geldi, önce hal hatır sordu, sonra da artık belli olmaya başlayan karnımı göstererek doğum için memleketime gidip gitmeyeceğimi.

"Doğumu burada yapacağım," dedim.

"Babası gelecek mi doğum için?"

Duymazdan geldim, yanıtlamadım sorusunu.

"Babası çok yakışıklıymış, Türk Konsolosu'ndan duydum."

Güldüm, "Siz konsoloslar dedikodu mu yapıyorsunuz aranızda?" diye sordum.

"Yok, biz ciddi adamlarız. Dedikodu eşlerimizin işi. Siz neden katılmıyorsunuz aralarına?"

"Ne yazık ki benim pek vaktim olmuyor böyle keyifli işler için. Tüm gün hastanedeyim."

"Doğum izni aldığınızda katılırsınız... Bebeğin babası da gelmiş olursa o sırada, birlikte bekleriz."

"Onun da programı çok yoğun, işleri müsaade etmediği için bir süre gelemeyecek. Ben izninizi istiyeyim," diyerek ayrıldım yanından.

Bir ara tuvalete gittim. İşimi bitirip çıktığımda, tuvaletin kapısındaydı adam.

"Erkeklerin tuvaleti koridorun diğer ucunda," dedim, ileriyi işaret ederek.

"Ben seni bekliyordum," dedi.

"Niçin?"

"Bu kadar naz yeter! Bana bir randevu ver ve..."

"Rahatsızlığınızı söylerseniz o bölümün doktorundan bir randevu ayarlarım sizin için."

"Ben sana hastayım."

Arkamı dönüp hızla yürürken, kolumdan tutup çekti, "Neden ama," dedi, "neden herkese tamam da bana yok! Benim neyim eksik? Mesele paraysa onu da konuşuruz."

Kolumu bırakmıyordu, panik içindeydim, bir yandan da tanıdık birileri tuvalete gelmeye kalksalar durumu görecekler diye telaşlanıyordum.

"Bırakın kolumu!"

"Hastanedeki doktorlarla kırıştırdığın yetmiyor, karnına da babasız bebeği koymuşsun, namus mu taslıyorsun bana?"

Bir an gözlerim karardı, boşta kalan kolum hangi ara kalktı ve tokatım bu rezil herifin suratında patladı, gerçekten bilmiyorum. Parmağımdaki yüksek montürlü yüzük dudağının kenarında bir yara açmış olmalıydı ki, ağzının kenarından çenesine doğru kan sızıyordu.

Kolumu bıraktı, cebinden çıkardığı mendili yüzüne bastırdı.

Doktorluk içgüdüsüyle ona yardımcı olmayı düşündüm ama bana tıslar gibi "Orospu," deyince yüzüne tükürüp arkama bakmadan çektim gittim.

Bir daha hiç karşılaşmadık! Sanırım her ikimiz de bir daha aynı mekânda bulunmamaya dikkat etmiştik.

Demek ki benden intikamını yaklaşık bir yıl sonra böyle almış, gelişmemiş ülkenin konsolusu! Adını ve adresini Türk Konsolosu'ndan kim bilir hangi bahaneyle öğrendiği Vural'a çocuğumu götürüp bizzat teslim etmiş. Benim depremde kaybolduğumu, büyük ihtimalle öldüğümü söylemiş. İkna olması için babalık testi yaptırmasını da hatırlatmış.

Mira'nın arkadaşı Hanor'un elde ettiği deşifrelerden, Vural'ın daha sonra adama telefon ederek ona ne kadar minettar olduğunu söylediğini de duydum.

Konsolos intikamını aldı.

Vural oğluna kavuştu.

Ben de cezamı çektim.

Dünyadaki günahlarımızın cezasını hangi mekânda, hangi gezegende olursak olalım illa çekeceğimizin kanıtı oldu bu bana!

Ama bir tesellim vardı! Varolumu çok iyi kalpli, dürüst ve cesur bir baba yetiştirmişti.

Oğlumuzu hiç üzmediğinden emindim.

Oysa ben o babayı, hamileliğimi saklayarak, doğumu haber vermeyerek çok üzmüştüm.

Gencecik bir kızken ilk aşkımdan yediğim kazığın, hayırsız sevgilimin beni kendi davası için ölümcül tehlikeye atmasının, onun yüzünden geçirdiğim korkunç kazanın, belleksiz geçen aylarımın travmasının elbette bir bedeli olacaktı.

Vural, erkeklere güven duygumu yitirdiğimi anlayamadı.

Nasıl anlasın ki, o hep merhametli ve nazikti.

Ona dönmek üzere olduğumu da hiç öğrenemediği için dilerim nefret etmemiştir benden.

Kim bilir belki de oğlumun babasının adındaki harfleri taşıyan isimden anlamıştır ona olan sevgimi.

Baba oğul birlikte yaşadıkları hayatta ve sonraki ömürlerinde beni gönüllerinde bağışlayabilmişlerse eğer, burada buluşma ihtimalimiz var, neyse ki!

Ama sabırlı olmam ve önce verdiğim sözü tutmam, görevimi tamamlamam gerek!

Mira sözünü tutu! Şimdi sıra bende.

Ne yapıp edip bu formülü bulmalıyım. Gerekirse kendi tarafımdaki bazı ruhları da devreye sokmalıyım.

Bir sonraki buluşmamızda Mira'ya diyeceğim ki, şimdi de ben senden zaman istiyorum. Evet, zaman kavramımız Dünya'daki zamanla eşdeğerli değil ama istediğin kitaba ulaşmak için bazı temaslar kurmam gerekiyor, beni sakın sıkıştırma Mira ve ben sana dönene kadar sabırla bekle! İşime iyice odaklanmak üzere şimdilik sana veda ediyorum. Hoşça kal kızım ya da dünyanızdaki deyişle Barışla Kal.

19.
MİRA

Merkez Şehir Devleti
Dünya Gezegeni
HUS. 121

Barışlar Olsun sevgili Hanor,

Sana nasıl teşekkür edeceğimi bilemiyorum. Bana yolladığın bilgi o kadar işime yaradı ki, bu yıl sona ermeden terfi alacaksam eğer, bunu sana borçlu olacağım. Öncelikle bunu bil.

Sonra gelelim bana sorduğun soruya... evet, kalbim boş ve hayır, henüz senin kadar hoşlandığım başka biri girmedi hayatıma.

Sence bir sakıncası yoksa bugün işin bittiğinde her zaman buluştuğumuz yerde buluşalım mı? Sana teşekkürlerimi sesli veya yazılı mesajla değil, yüz yüze sunmak istiyorum. Yanıtın olumluysa bana saat bildir. Senden yanıt gelmezse, anlarım... üzülürüm ama anlarım ve seni rahatsız etmem artık.

O yüzden şimdiden yazmış olayım, bana yaptığın iyiliğin karşılığı yok. Dostluğun eşsiz, sevgin de öyleydi ama ben kıymetini bilememişim.

Hepsi için kocaman bir TEŞEKKÜR sana.
Barışla Kal,
Mira

Mesajı yolladıktan sonra uzun beklemedim. Hanor'un mesajı hemen geldi avucuma. Yüreğim ağzımda okudum:

Miram, saat tam altıda, her zamanki yerde.
Hanor.

Ağzım kulaklarımdaydı, toparlayamıyordum ağzımı... Hemen koğuşuma döneyim, süslenip püsleneyim... kendime en yakışan kaşları ve dudakları çizeyim itina ile. En yeni giysilerimi giyeyim... Aaa! bir mesaj daha geliyor... Radin'den... Ne olur, bu akşam saat altıda beni görmeye kalkışma Şefim! Çok önemli bir işim var çünkü. Mesajı okumadan karar verdim, öyle bir şey olura, Esrana ile randevum olduğunu söyleyecektim (Ne tuhaf, kulaklarım yanmadı bu kez) ve ertesi gün buluşmamız için yalvaracaktım.

Barışlar Olsun Mira,

Bana gönderdiğin son bilgiye dayanarak sana söz verdiğim gibi altı ay sonrasının uzay gemisinde Setta'ya adına yer ayırdım. Biliyorsun, bu gemilere binmek için çok önceden başvurmak gerekiyor. Yazışmalardan anladığıma göre, altı ay içinde bitireceksin görevini. Bu müjdenin ışığında daha da özverili çalışacağına inanıyorum.

İşine odaklan. Setta'da tatili hak et. Dünya gezegenimiz, tüm insanlık, hep birlikte kazanalım, kızım.

Barışla Kal...
Toloy Radin

Sevinçten havalara sıçramam gerekiyordu ama ayaklarım çivilerle toprağa çakılmış gibi kalakalmıştım durduğum yerde. Şefime kısa ve kuru bir teşekkür mesajı çekip koğuşuma yürüdüm. Neden acaba?

Hanor'la buluşmaya giderken yolda düşünüp duruyordum, acaba Setta'ya ayrılan biletten ona söz etsem, sadece bir tatil için birlikte gitmeyi teklif etsem, yeniden başlama şansı yakalamış ilişkimi yine yokuşa mı sürmüş olurdum? Yoksa Setta'ya tek başıma gidip Hanor'la ayrılmamıza neden olan... Yok! Bunların hiçbirini yapmayacaktım.

Hele önce bir bulaşalım, diye düşündüm. Hem daha işim bitmemişti ki! Esrana'nın altı ay içinde bana formülle dönebileceği ne malumdu? Belki de bir yılı bulacaktı formüle ulaşması. Ben işimi tamamlamamış olduğum için Setta'ya hiç gidemeyebilirdim de zaten!

Deli miyim neyim ben! Sanki Setta'nın sakinleri kollarını açmış beni bekliyordu da gidememe ihtimaline üzülüyorum!

Yok, gidememe ihtimaline değil, galiba Hanorsuz gitme ihtimaline üzülüyordum ben! Aslında Esrana'nın formülü bulamaması ihtimallerin en kötüsü... Bana verilen görevi başarıya ulaştıramamış olmaktan çok, insanlığı korkunç virüsten kurtaramamış olmak... Önü açık bir biliminsanından bir beceriksize dönüşmek... Neyse, şimdi bu olumsuz düşüncelere dalmanın zamanı mı, nihayet gerçekten sevdiğime emin olduğum adamla buluşmaya giderken! Kovdum tüm olumsuz düşünceleri kafamdan.

Rüzgâra karşı yürüdüm ve uzaktan Hanor'un yakışıklı siluetini gördüm... Kalbim çarptı... O da nesi, bana doğru koşuyordu Hanor. Ben de hızlandım... hatta koştum ve kendimizi birbirimizin kollarında bulduk.

"Seni çok özlemişim," dedim.

"Ben de Mira, seni çok özledim!"

Güneş ufuktan kaybolurken batı semaları muhteşem bir renge bürünürdü.

"Gün batışını sessizce seyredelim ki bir saniyesini dahi kaçırmayalım," dedi Hanor, "sonra sana anlatacak çok şeyim var..."

"Benim de."

Gidip boş bankolardan birine oturduk. Başımı sevgilimin omzuna dayamış birkaç dakika sonra tamamen kaybolacak güneşi seyrederken, mesaj titreşimi başladı avucumda. Oralı olmadım. Aynı anda bir tatlı sıcaklık yayıldı parmak uçlarımdan kollarıma doğru. Isı giderek artıyor, göğsüme yayılıyordu.

"Hanor... Esrana beni çağırıyor, bana bir kaç saniye izin ver... ona şu anda müsait olmadığımı söyleyeceğim," dedim. Hanor'un yüzünden belli belirsiz bir gölge geldi geçti... Ayağa kalkıp kimsenin beni duymayacağı bir köşeye çekildim.

"Esrana... Seni duyuyorum. Önemli değilse şu anda değil, bu gece konuşalım mı? Ben seni ararı... Ne! Ne! Ne diyorsun Esrana! Doğru mu duydum, bir daha söyle! Formülü buldun mu? Hemen not alıyorum, söyle sen söyle... Avucuma yazacağım..."

Göz ucuyla gördüm, Hanor bana doğru koşuyordu, kalbim deli gibi çarpıyordu, bu formülü hemen Radin'e ulaştırmalıydım... Her şey bir anda oluyordu, çok iyi şeyler oluyordu hem de... İşte tam o an KORKUNÇ bir ses patladı kulaklarımda... bu gürültü... Esrana'yı duymama imkân vermiyor, tüm sesleri bastırıyordu... Formülün ancak yarısını not edebilmiştim avucuma... Gerisini duyamıyordum çünkü hoparlörde her sesi bastıran avaz avaz bir çağrı yapılıyordu:

DİKKAT! DİKKAT! DİKKAT!

60 YAŞ ALTI DÜNYALILAR! HEMEN EN YAKININIZDAKİ LİMANA KOŞUN! HEMEN GİDİN! HER NEREDEYSENİZ ÇOCUKLARINIZI ALIP HEMEN GİDİN! DÜNYAMIZA HIZLA YAKLAŞAN GÖKTAŞI YİRMİ DAKİKA İÇİNDE GEZEGENİMİZE ÇARPACAK! LİMANDA BEKLEYEN UZAY GEMİLERİNE KOŞUN! CANINIZI KUTRARIN! GÖKTAŞI HIZLA YAKLAŞIYOR! HERKES EN YAKININDAKİ UZAY LİMANINA GİTSİN.

DİKKAT! DİKKAT! DİKKAT! DİKKAT!

Ben, Esrana diye yırtınırken Hanor elimi sımsıkı tutup çekti beni, "Bırak konuşmayı... Haydi koşalım, canımızı kurtaralım Mira."

"Ama Esrana formülü bulmuş. BULMUŞ!"

"Hiçbir önemi kalmadı artık. Koş Mira, KOŞ! KOOOŞ!"

"Nereye gidiyoruz?"

"En yakındaki limana. Yolu biliyorum. Elimi sakın bırakma, Mira. KOŞ!"

Dört bir taraftan gelen o korkunç ses, herkes deli gibi oradan oraya koşuşurken, bu kez YARIN YOK! diye bağırıyordu, susmaksızın.

KOŞUN!
LİMANDAKİ UZAY GEMİLERİNE KOŞUN!
BİNEMEYENE YARIN YOK! YARIN YOK!
YARIN YOK! YARIN YOK! YARIN YOK! YARIN YOK!

YARIN YOK! YARIN YOK!

YARIN YOK! YARIN YOK!

YARIN YOK!